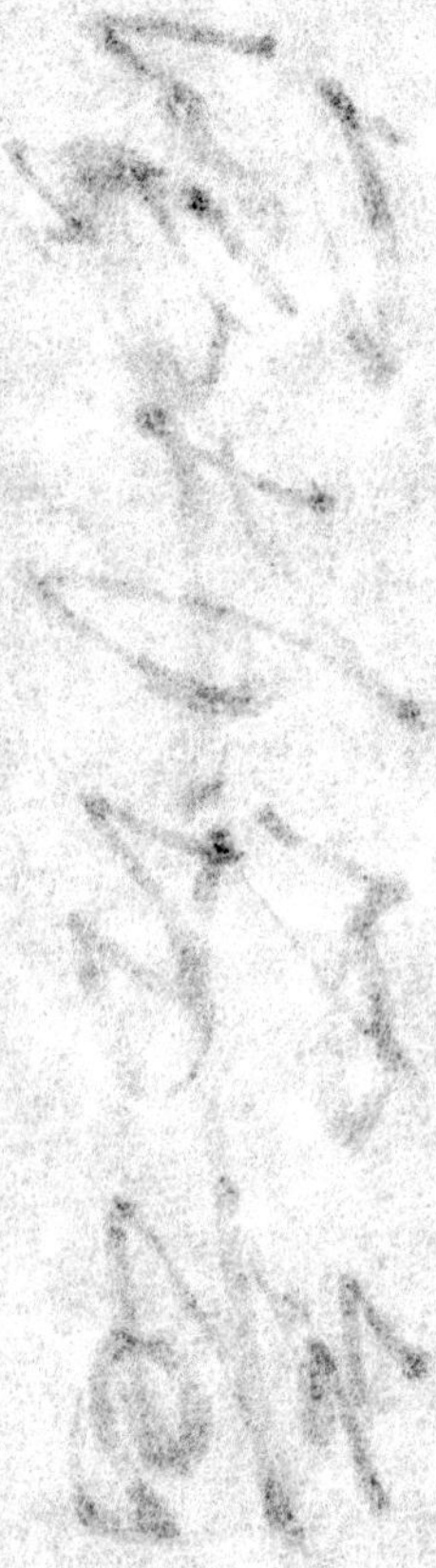

ことば遊び悦覧記

Kunio Tsukamoto
塚本邦雄

河出書房新社

ことば遊び悦覧記　目次

ことば遊び悦覧記

遊樂の序

詩歌も「ことばあそび」の最たるものである、などと言ひ切ると、途端に嚴肅で禁慾的な諸賢の、猛烈な反駁に遭ふかも知れない。だが、その駁論執筆者の大部分が「あそび」なる行爲に重大な偏見を抱いてゐるのも、言ひ切る前から見え透いてゐる。俳諧は一先づ措いて、和歌は「歌道」であり、帝王學の一として聖別され、また古今傳授なる權威づけが行はれて以來、ますますかたくなに「あそび」を拒み續けて來た。

狹義の言語遊戲の要素を含む和歌は、萬葉集ならば卷の第十六「由縁ある雜歌」の殊に後半に、これらを一括して並べ、古今集では卷第十の「物名」と卷第十九の「誹諧歌」に、前者は精選し、後者は比較的寛《ゆる》やかな選でこの種の歌を集め、いづれも他の歌とは區別した。差別を示したと言つてもよい。歌學者の中には、歌は徹頭徹尾「述志」の詩形であると力說する人もゐる。そして有力な證歌として萬葉貴種の相聞、柿本人麻呂の挽歌、あるいは八代集の賀歌、神祇歌を誇示するだらう。述志、まことにこの語は和歌のみならず詩歌の本質を示す。そして、しかしながら、述志は、家持においては「抒情」と同意、等價値の心緒に他ならなかつた。「遊び」とは、美的快樂創造・享受の志である。「志」とそれほど言ひたければ、さう定義するがよい。そしていつの時代にも、いづれの國でも「美」の包含する意味は恐るべく多岐多樣廣範圍である。たとへば述志リゴリズムの典型と目される人麻呂が、漢字表記による美的效果を極限まで追求し、その眩惑的なまでの絢爛性に、陶醉耽溺してゐたに違ひないことに、「遊び」拒否論者は一度も思ひ及んだことがないのだらうか。六歌仙時代から新古今時代へ、泡だち、たぎちつつ奔る歌の流れが、亡びの寸前に得たものは「物語・繪畫」あるいは「歌謠・呪文」等、述志ストイシズムの堰を破り、溢れた異次元憧憬要素であり、まさしく幻想としての遊びの、完璧な言語化であった。

事は單に「和歌」の上のことに限るものではない。すべての言語藝術が、常に最も喪ひやすいのは「遊び」の要素であり、悦樂への志向に他ならぬ。古今東西、悲劇に對する信仰は拔きがたく、事實は虛構を驅逐し、苦行は讌遊を蔑視する。簡素淡泊な正述心緒文學が、草食人種の孤島日本の守り本尊となり 歌道など忘れ去られた後も、私小說信仰道となつて生きながらへるのは、至極當然の成行だつたかも知れない。そしてこれこそ「遊び」「娛樂」を眞骨頂とした連歌俳諧が、日本の津津浦浦を席捲した「揚句」の果、天才芭蕉の悲劇的な「發句」と、句以上に悲劇的寂寥感に富む逸話ばかりの實人生傳記に集約短絡されて、今日に傳へられる始末である。

明星派の詞華はいつしか「アララギ」風鍛練道の左に在って異端視され、新古今は復權、的確認の熾烈な運動が重ねられた結果、やつと萬葉と肩を並べるやうになつた。その一方の肩の萬葉の「詞華」性さへ、どの程度認識されてゐるか、甚だこころもとない次第であり、折角復權を見た新古今にしたところで、當代歌人、殊に「六百番」「千五百番」兩大歌合時代、すなはち「狂言綺語《きやうげんきぎよ》」の時代のエスプリが、いかほど評價されてのことか、いささかならず心細い。

私は廣く、限りなく緩めた範圍の言葉遊びまで含めて、これに藝術を僭稱させようとは決して思はない。前記敕撰・準敕撰集に擧げられた作にしたところで、私なら大半は削除するだらう。また當然のことながら詞華は卽和歌ではない。論を日本文學に限定するとしても、更に詩歌のみを論ずるとしても、「歌謠」は時として和歌を凌ぐ藝術的香氣に滿ち、しかも悠悠と遊んでゐる。私は詩歌これ遊戲《いうげ》といふ一種の極論的詩論は一應措いて、記紀以來の詩歌の中の、殊に智慧の力もて創り上げられたと思しい巧緻な作ばかりを、記憶の海から採り出して、今一度みづからのためにも整理紹介を試みねばならぬ。詞華集は勿論、民間傳承の口傳形式のものも多からう。時代を前後し、遡り下りつつ、人がかくまで、言語の華の開花に、好奇心を唆られ、飽くなく愉しんだ歴史を眺めて行きたい。禁慾派の狭義正述心緒作稱揚が、卻つて異端であり間道であることが、その結果ありありと指されることを希はう。時間の下降、遡行のみではない。空間もたまたま北上し、南下し、東西に向きを變へるかも知れない。そして、もとよりこの文章は、つひに「論」でも「説」でもなく、私自身の愉樂のための備忘錄に止まるだらう。それゆゑに、ある時は自作の援用もためらふまい。

　言語遊戲要素を多分に含む詩歌の理想像は、その技巧が「遊戲」のあらはな志向さへうかがはせぬほど洗練されたものであらう。「あそび」は次第に巧緻を極め、それは傑れた推理小説が永遠の謎を内包した純粋な文學作品となる例に似てゐる。あるいはまた、古事記と舊約聖書、シェイクスピアの四大悲劇と西鶴、秋成の諸傳奇諸パロディを叡智と奸智の所産に數へてもよい。一方、遊びのための遊びに徹した廣義詩歌、たとへば廻文、文字襷、四十八音歌も、結果的に文學性を勝ち得、詩的香氣馥郁たるもの、神祕性横溢せるものは、智慧者の遺産として殊に記念せずばなるまい。地口、洒落の類さへ、凡歌、拙句より遙かに美しいものは有りうる。一篇の落語の落ちが先哲のマキシムやアフォリズムを凌ぐ場合も決して少くはないのだ。

一、古代詩歌

宇陀の　高城《たかき》に　鴫羂《しぎわな》張る
我が待つや　鴫は障《さや》らず
いすくはし　鯨《くぢら》障る
前妻《こなみ》が　肴《な》乞はさば
立柧棱《たちそば》の　實の無けくを　扱《こ》きしひゑね
後妻《うはなり》が　肴乞はさば
柃《いちさかき》　實の多けくを　許多《こきだ》ひゑね
ええ　しやこしや　こはいのごふそ
ああ　しやこしや　こは嘲笑《あざわら》ふそ

古事記歌謡

日本書紀にも重出のある、古代歌謡ではむしろ有名過ぎるくらゐの、傳神武天皇御製だが、譬喩がＳＦ的と思はれるまでに大膽で飛躍があり、不條理と不可解に満ちてゐるやうにさへ見える詩のコンテキストは、類歌の中の随一だらう。メタファーの寶庫といふ點では、記紀は抜群であり、私の狭い讀書經驗では、これに勝るものは聖書を先づ思ひ浮べるだけだ。ともあれ、神武帝大和平定の時、宇陀の地の兄宇迦斯《えうかし》が帝を謀殺しようとして、殿内に押機《おし》を設へてゐたところ、弟宇《おとう》迦斯《かし》の密告によつて失敗、逆にみづからその仕掛に打たれて亡ぶ插話は、今更縷述する要もあるまい。要はこの久米歌の不思議な構成とその面白さである。前三行は兄宇迦斯と作者神武帝の闘り、顚末を諷したものだが、歌となる過程で當然意味もはぐらかされ、酒宴で歌ひ繼がれてゐるうちに文脈も混亂して來るから、必ずしも插話を正確に追ひはしない。鴫羂を張つたのは兄宇迦斯であるが、密告以後は神武帝に逆轉する。思ひもよらずにかかつた獲物鯨は、しかし兄宇迦斯一人を指すことになる。鯨は鷹のことと言ふ異説もあるが、空中に海中の動物の捕へられる様を幻想する。その荒唐無稽な發想を珍重すべきだらう。轉化や錯傳の他に、歌謠には極端な省略が生れる。この久米歌も例外ではない。すなはち「(汝)宇陀の高城に鴫羂張る(如く殿内に押機を設く)/(私《ひそか》に羂有るを知らしめられ、之を逆用せむと)我が待つや鴫は障らず/いすくはし(汝の如き)鯨障る」と括弧内を補足して考へるのも一方法だらう。そして後、久米歌は插話離れして、豫想外の獲物を喜び祝ふ歌となつてゆくのだらう。

問題は急轉する第四行目以下、後半四行の先妻後妻の照應である。先妻はそのまま本妻を、後妻は妾を意味する場合が多い。前者老いて既に容色衰へ、後者なまめいて抗しがたい魅力に溢れてゐるといふ通俗的想像は罷り通る。正妻が副食物を乞うて來たら、菜《な》でも魚《な》でも蕎麥の實の生《な》り様さながら、ほんの少少分けてやれ。妾が同じことを頼んで來たら、野茶《ひさかき》の實の生《な》つてゐるやうに、たつぷり與へろ。かうなると表面上前四行とはてんで別の世界であり主題である。異質の歌が三行と四行、無理に合された感じだ。後世「後妻《うはなり》打《う》ち」の習俗も生れ、狂言や能にも現れるが、當然失寵の古妻が、後妻もしくは愛妾を嫉《そね》み、親類縁者まで動員して意趣返しをする。傷ついた前妻が後妻を傷つけ、男は高見の見物である。ところが、この久米歌の場合は、明らかに男の「前妻《こなみ》打《う》ち」であつた。後妻が高見の見物ならまだしも、前妻には與へられぬ肴《さかな》を、これ見よがせに與へられる。前妻は踏んだり蹴つたりだ。しかも附屬する囃子は、あたかも満身創痍の前妻に投げる惡罵である。

血を分けた弟に裏切られて、他國からの侵入者に、强制的に、みづからが設へた陷穽に突落される悲劇の男、兄宇迦斯を、殊更に鯨に擬へるのは、勝者の屈折した、嗜虐的な凱歌に他ならぬ。嘲弄され、汚されるのは死者である。密告者弟宇迦斯はユダ以上にみじめな氣持であらう。いかに轉化しようと錯傳されようと、このどす黒い呪詛の基調は變るまい。前妻《こなみ》打ちも弱者凌辱と言ふ點では見事に一致する。もはやグロテスクとしか言ひ様のないこの嗜虐の冷酷無比な罵詈歌謡こそ、征服者のオルガスムスの歎聲ではなかつたか。裏切つた弟宇迦斯は後に宇陀の水取《もひとり》、すなわち主水《もんど》の司《つかさ》の祖先になつたと傳へる。苦い水がしたたつたことであらう。

勿論久米歌は敵を嘲つて氣勢を擧げるための、本來插話等とは直接關りのない歌詞である。だが「宇陀の高城」はどこかで繫がる。前妻打ちにしたところで、一般習俗ではなく、征服者、中心人物のプライヴァシーを反映暗示してゐたのだらう。あるいは被害、被征服者兄宇迦斯の生前の所業を諷したとも考へられる。いづれにせよ、私の興味を引くのは、作者のしたたかな惡意とアジテーションの凄じさである。民話童謡の類には、救ひのない非運と加虐甘受のパターンが少くない。「かちかち山」などその最たるものだらうが、この「鳴羂の鯨」プラス「前妻打ち」の禍禍《まがまが》しさは、古代歌謡中でもまことにユニークだ。そのくせ、歌ひつつ豪放な哄笑さへ誘ひさうな、圖太く拔け拔けとした後味のつきまとふのも、考へてみれば實に不思議だ。このあたり、神武帝はともかく、作者その人の性格、體質、詩才まで裏書してゐるのではあるまいか。

古事記久米歌は、これを筆頭に、「みつみつし久米の子らが」のルフランを持つ「忍坂《おさか》の大室屋」や、その句を冒頭に持ち、太平洋戰爭中、時としては朗誦合唱を強ひられた「口ひびく我は忘れじ　擊ちてし止まむ」の「椒《はじかみ》」や、「臭韮《かみら》」、それに「細螺《しただみ》」が續く。單純直截でやや男臭い直喩で成立してゐるので、歌意も至極ストレートだ。四種いづれも「宇陀の高城」の複雑な持味とは似ても肖つかぬ。だからこそ、「鳴羂・前妻打ち」の孕む凄慘なをかしさは相當重い意味を持つだらう。

何れぞも　泊《とど》まり　／　かの崎こえて
深山の小葛《こつづら》　／　繰れ繰れ小葛
鷲の頸取ろむと　／　いとはた長うて

あかがり踏むな　後《しり》なる子　／　我も目はあり　前《さき》なる子
舎人《とねり》こそ憂《う》　後《しり》こそ憂　／　我もこそ憂　後こそ憂
あちの山背山《せやま》　／　背山や背山
近衞《このゑ》の御門《みかど》に　巾子《こじ》落つと　／　髮の根の無ければ
搖《ゆす》り上げよ　そそり上げ　／　そそり上げよ　搖り上げ
谷から行かば　尾から行かむ　／　尾から行かば　谷から行かむ
これから行かば　かれから行かむ　／　かれから行かば　これから行かむ
女子《をみなご》の才《ざえ》は　／　霜月師走の　かい壞《こぼ》ち
翩《あふ》り戸《ど》や　檜《ひ》張戸《はりど》　／　檜張戸や　翩り戸

神樂歌　前張《さいばり》「早歌」

神樂歌は八世紀末頃の宮廷歌人等によつて作られたものであらうとされてゐるが、民謠色鮮やかな小前張《こさいばり》の全く和歌離れした音數、發想、形式、無意識の技巧は、單に後世人の好奇や買被りからではなく、瞠目に價する。掲出の前張附屬歌謠「早歌＝雜歌」は夙に有名なもので、上段が「本」下段が「末」、對話・唱和のため歌ひ手が二分されたものと考へればよからう。上下の敏捷、辛辣、輕妙、等の要素を含む、挑發・竹篦《しっぺい》返し、先導・唱和の面白さは一寸類がない。民間傳承の原歌はもつと荒荒しく猥雜なものだつたか。採用編輯者の拔群の才覺が、非詩的要素をこのやうに昇華させ、なほ歌謠としての固有の感興を殺さなかつたのか。

「今夜はどこでお泊りか／あの岬・崎を越えたあたりで」「深い山には蔦葛《つたかづら》／引つぱりやいいさ」「鷲の首を捉へようとしてな／それはまたひどく長いことだ」「私の踵の皹《あかぎれ》を踏むなよ、後のお人／俺にだつて目がついてらあな、前のお人」「宮仕への雜用役は苦勞が絶えないよ、後手《ごて》に廻つてばかりでなあ／俺にしても同じさ、後からついてゆくんだもの」「あつちの山は兄山《せやま》だよ／夫山《せやま》だ、背山だ」「陽明門で冠の頂きが落ちたんだつてさ／髮が無いものだから」「搖り上げろよ、ゆさゆさとな／そそり上げなよ、そらそら」「お前が谷の方から行くなら私は峰づたひだ／尾根《をね》から行くんなら俺は谷地《やち》づたひだ」「こっちから行くならあっちから／あちらと言ふならこちら」「女の才走つたのは／眞冬、垣根の取毀し」「ばたばた扉にひわひわ戸／ひわひわ扉にばたばた戸」

　譯してしまへばたわいもない。和歌の口語譯と同斷で、詩歌歌謠の類のパラフレーズが許されるはずもない。言葉を絶ち切り、約《つゞ》め、そこに飛躍を生み、意外性を誘ふ。この早歌、一應缺落無しと見なして、主題のアクセント特に著しい箇處は「近衞の御門に、巾子落つと」と「女子の才は」の二つであらう。前者は老人に後者は女性に投げた一種の漫罵で、今一つ、「舍人こそ憂」も含めて、宮廷人、もしくは知識人風のコンプレックス、それから生ずる暴露、悲喜劇的言辭、風景をちらつかせるところ、これまた民謠自體に内在する嘲笑性、加ふるに編・作者のしたたかな詩的惡意ではあるまいか。

　歌謠としても、たとへば同時代乃至やや後期の「今様」の中にも、これくらゐアレグロ調の小氣味よい、藥味のきいた作は滅多にない。いささか比較を超えるが「梁塵祕抄」の「我を頼めて來ぬ男、角三つ生ひたる鬼になれ、云云」の傑作今様を思ひ浮べる。もつともこの今様など短篇小説風完結を示し、そのシンメトリカルな均衡が卻つて綺麗事めく。その點神樂歌の歌詞は、特にこの早歌は、發作的で變幻自在で、啞然とするほど奔放だ。聞手は引き摺り廻されつつ次第に魅され、高揚し、我を忘れて手を打ち囃し、時には覺えて唱和に加はらう。このやうな、原作者、編者等の、恐らくは才能や計算から食み出したところで輝やき、馨《かを》る言語感覺は、永い日本詩歌歌謠史の中でも、突然變異のやうにしか現れない。

「遊び」とは不可思議な業である。みづからがそれに淫する時、享受者はおいてきぼりを食ひ、醒め切つた表情で眺めるだけだ。怖るべきサーヴィス精神を駈り立てて、他人を愉しませようとする時、享受者は才能の見せびらかしと押しつけがましい賣言葉に、半ば眩惑されつつ反撥する。享受者のリアクションは狡猾で無責任で、そのくせ時として純粋である。神樂歌、催馬樂、今様、田歌、小歌等等の中に、稀にそのやうな怖ろしい享受者を三嘆させる傑作が散在する。その危險で優雅で素樸な歌は、敕撰集歌人をすらしばしば蒼ざめさせる。

家にありし櫃《ひつ》に鏁《くぎ》刺し藏《をさ》めてし戀の奴のつかみかかりて
穂積親王《ほづみのみこ》

さしなべに湯沸かせ子ども櫟津《いちひつ》の檜橋《ひばし》より來む狐《きつ》に浴《あ》むさむ
長忌寸《ながのいみき》意吉麻呂《おきまろ》

食薦《すごも》敷き蔓菁《あをな》煮持ち來梁《うつばり》に行縢《むかばき》懸けて息むこの公《きみ》
同

一二《いちに》の目のみにあらず五六三四《ごろくさむし》さへあり雙六《すごろく》の頭《さえ》
同

香《こり》塗れる塔にな依りそ川隅《かはくま》の屎鮒《くそぶな》喫める痛き女奴《めやつこ》
同

醬酢《ひしほす》に蒜《ひる》搗《つ》き合へて鯛願ふ吾にな見えそ水葱《なぎ》の羹《あつもの》
同

枳《からたち》の棘原《うまら》刈り除《そ》け倉立てむ屎《くそ》遠くまれ櫛造る刀自《とじ》
忌部首《いみべのおびと》

*

吾妹子《わぎもこ》が額《ぬか》に生《お》ひたる雙六《すごろく》の牡牛《ことひのうし》の鞍の上の瘡《かさ》
大舎人《おほどねり》安倍朝臣《あべのあそみ》子祖父《こおぢ》

わが夫子《せこ》が犢鼻《たふさき》にする圓石《つぶれいし》の吉野の山に氷魚《ひを》ぞさがれる
同

寺寺の女餓鬼《めがき》申さく大神《おほみわ》の男餓鬼《をがき》賜《たば》りてその子うまはむ
池田朝臣《いけだのあそみ》

佛造る眞朱《まそほ》足らずは水渟《たま》る池田の朝臣《あそ》が鼻の上を穿《ほ》れ
大神朝臣《おほみわのあそみ》奥守《おきもり》

小兒《わらは》ども草はな刈りそ八穂蓼《やほたで》を穂積の朝臣《あそ》が腋《わき》くさを刈れ
平群朝臣《へぐりのあそみ》

何所にぞ眞朱《まそほ》穿る岳薦疊平群《をかこもだたみへぐり》の朝臣《あそ》が鼻の上を穿れ
穂積朝臣《ほづみのあそみ》

葛英《かはらふぢ》に延《は》ひおほどれる屎葛《くそかづら》絶ゆることなく宮仕《みやづかへ》せむ
高宮王《たかみやのわう》

波羅門《はらもに》の作れる小田を喫《は》む烏瞼《まなぶた》腫れて幡幢《はたほこ》に居り
同

*

天《あめ》なるや神樂良《ささら》の小野に茅草《ちがや》刈り草《かや》刈りばかに鶉を立つも
作者未詳

人魂《ひとだま》のさ青《を》なる公《きみ》がただ獨《ひとり》逢へりし雨夜の墓《はひや》し念《おも》ほゆ
同

萬葉集巻第十六に鏤められたこれらの歌を、一概に「遊び」として論ずるわけには行くまいが、他巻の悲愴嚴肅堂堂たる眺めに比し、少くとも享受者側が、創作慾を唆られ、呵呵大笑し、一抹の微笑苦笑を湛へるよすがはあらう。穂積皇子は、あの萬葉切つての名歌「今朝の朝明《あさけ》雁が音聞きつ春日山黄葉《もみぢ》にけらしわが情《こころ》いたし」を一方に置く時、かつ但馬皇女《たじまのひめみこ》との悲戀を考へ合す時、「戀の奴」の一首は意味深い。彼は宴遊の時好んでこの自作を誦して聞かせたと傳へる。骨牌のジョーカーか、惡魔《サタン》の化けたキューピッド、あるいは夢魔の類を思はすこの「戀の奴」、吸血鬼なみに櫃に密閉されても、逢魔が時ともなれば蓋の隙から忍び出て、皇子の邪淫戒否邪戀戒を搖《ゆす》るのであらう。言はばややグロテスクな忍戀《しのぶるこひ》の苦患の告白を、酒祝歌《さかほがひうた》に代へて誦したところに、凄じい「遊び」の志を酌み取らねばなるまい。上三句すべて「し」で切れてゐるところも、歌ふ時の效果を無意識にしろ計算したのだ。まさに泣き笑ひの道化師《ピエロ》の歌である。

　意吉麻呂の歌はそれぞれ座興に、その場に在り、その場から見え、かつ聞えるもの等を、アトランダムに採り入れて詠《よ》まされ、詠んでみせた作ばかりだ。「差鍋」の歌には「饌具雜器・狐の聲・河・橋」を歌ひこんだと詞書があり、「食薦」の歌には「行騰・蔓菁・食薦・屋の梁」を、「一二の目」には雙六の目數を、他の歌も名詞の部分をすべて題として詠んだと斷つてある。雙六以外は遮二無二詰めこんで、强引に意味を通しただけのことだが、その無骨な奪闘ぶりが卻つてほほゑましい。言語遊戲ならば、古今の「物名」のやうに、一つの名詞で語割、句跨りに他の言語と結合させ、表面上は何處に詠みこまれたか痕跡も殘さぬものとすることが眞骨頂であらう。萬葉の詠込《よみこみ》にはそのやうな高等技術への配慮は一切見られない。否、一首を仕立てる際にも他の抒情、述志の歌の半分の美的配慮も認め得ない。卑語を露骨に誇示さへする。そしてそこに、萬葉的通俗美學とも言ふべき、枕詞反覆歌の、一種の常套を脱れたユニークな卽物歌が生れた。否揑《でつ》ち上げられた。異樣な新鮮さに讀者は呆然とする。意吉麻呂の五首より、その點では忌部首の「枳」がもつと奇怪で興を唆る。

　安倍朝臣子祖父の「鞍の上の瘡」と「氷魚ぞさがれる」の二首は、天武天皇第三皇子、舎人親王《とねりしんわう》が「由る所無き歌」をとの注文に應じて作り、賭金二千文を得たといふ曰くつきの怪作だ。皇子の注文は「ナンセンスで根も葉もない歌」に近い意であつた。私はこの二首に、ふとロートレアモンの詩を思ひ出す。二物の奇怪な遭遇どころか、四物五物の超現實的な衝突、ブルトンが蒼くなり、ダリが剽竊を試みさうだ。後者などバタイユの詩にベルメールの繪が似合ふかも知れない。それは高宮王の二首、殊に「波羅門」の方にも言へるだらう。バラモンなどといふ稀用梵語の現れる點でも記憶に價する。

池田・大神、平群・穗積の各一對、賣言葉に買言葉の丁丁發止も、奇觀と言ふ他はない。いづれも先手に出た方が著想の異を誇る。池田の女餓鬼・男餓鬼、平群の腋くさ、何となくガルガンチュア的で、醜怪美をさへ感じさせる。それに對して應酬の側は共に朱を掘るなら奴の鼻を式の類想で、惡罵としても相手の肉體的缺陷を嘲るのは愚劣だ。多分大酒家でひどい酒皶《しゆさ》すなはち柘榴鼻《ざくろばな》だつたに違ひない。ただ大神が池田の「寺寺」を受けて「佛造る」と應じ、穗積が平群の「八穗蓼を穗積」に酬いて「薦疊平群」と歌ふ即妙のつけあはせは、後の連歌師も及ぶまい。これらの詠込歌、沒意味歌、揶揄應酬歌等等、ほとんどが即詠、即興歌であらう。その敏捷惡辣とも言ふべきリアクションが嬉しい。

巻十六巻末には「怕《おそろ》しき物の歌三首」があり、ここには前後各一首を飾つた。中の一首は「奧《おき》つ國領《うしは》く君が染屋形黃染の屋形神の戸渡る」とある。「神樂良の小野」とは天界に在ると傳へられる野で、巻第三の死者石田王への挽歌にも「天なる佐佐羅の小野」とある。思ふに昇天した魂の集ふところでもあらう。「奧つ國」も亡者の國、黃染屋形は勿論黃泉路《よみぢ》の館を言ふ。いづれも古代の人人が死後に思ひを馳せる時の戰慄が傳はつて來る。深刻な動機で作られたものでもなく、むしろ「怖いものは」の「ものはづけ」的要素濃厚な戲歌であつたらうが、だからこそ、なほさら、言葉の彩に隱された、本能的な恐怖が傳はる。「人魂のさ青《を》なる公」など、作歌條件を勘定に入れてなほ秀作たるを喪はない。

記紀萬葉時代の「枕詞」「序詞」のたぐひは、今更縷述するまでもなく、洗練された言語遊戲の先驅であり、かつ典型であつた。上代、中世の縁語・懸詞の、ともすれば煩瑣陳腐になり、修辭のための修辭、愉樂不感症的遊戲となり易いのに比べ、萬葉枕詞はなほ迫眞性を喪はず、しかも鮮烈な言語驅使に歌人の陶醉の吐息さへ響いて來るやうだ。枕詞は裝飾ではなく魂そのものだつた。「玉かぎる髣髴《ほのか》に見えて」「飛ぶ鳥の明日香《あすか》の河の」「夕星《ゆふづつ》のか行きかく行き」「木綿花《ゆふばな》の榮ゆる時に」「沖つ藻の靡きし妹は」「弱薦《わかごも》を獵路《かりぢ》の小野に」「蜻蛉羽《あきつば》の袖振る妹《いも》を玉匣《たまくしげ》奥に念《おも》ふを見たまへ吾君」等等、玲瓏たる枕詞の彩は、まことに「ことばあそび」の歴史の、その冒頭の混沌を澄み靜め、かつ莊嚴する天來の修辭《レトリック》であつた。多くの歌人が歌ひ疲れて迷ひ、また蘇らうとする時、その腦裏にひらめくのは、この枕詞の精妙新鮮な光と影、爽やかに閑雅な韻律、それをおいて他にあるまい。

二、十世紀のアラベスク和歌

和歌に「パズル」の要素を導き入れたのは古今集の物名であらう。その例歌は今日まで言語遊戯を語る時、必ずと言つてもよいほど、頻頻と引合に出されてゐるから、今更書き並べる要もあるまい。巻中最も技巧的な次の二首を、備忘的に紹介しておけばよからう。

ささ　まつ　びは　ばせをば　　きのめのと

いささめにときまつまにぞ日はへぬるこころばせをば人に見えつつ

なし　なつめ　くるみ　　兵衛

あぢきなし歎きなつめそうき事にあひくる身をばすてぬものから

陽成院の乳母とも傳へられる紀乳母の作は、秀作目白押しの一巻の中でも、また後の世の夥しい物名歌の中においても抜群である。まこと傳の通りなら、藤原高子《たかいこ》は勿論、事によつては紀有常や在原業平の薫陶を受け、謦咳《けいがい》に接する機もあつたらう。恐らくは即詠の、きびきびとしたリズム、しかもにじみ出るやうなつつましい心遣ひが、制約の網目をひらひらと抜けて、自在に纏められたところ、感歎に價しよう。忠房の妻兵衛の作となると、いかにも詠み込みましたと言ふ痕跡が見える。

物名の、その元の名を跡方もなく消し去るまでに斷ち切り、細截《こまぎれ》にして一首の中に他の品詞、あるいは他の意味を持つ名詞に變へて蘇らせることは、さして難事ではない。一度要領を會得すれば、言語遊戲中では極く初歩的練磨で、詠み込みだけはできる。そしてその技術面のこれ見よがせのデモンストレーションを、古今より約一世紀後の拾遺集の物名にも見ることができる。なほこの集の物名歌數は七十八首に上る。

ね　うし　とら　う　たつ　み　　よみ人しらず
ひとよねて憂しとらこそは思ひけめ浮名たつ身ぞわびしかりける
むま　ひつじ　さる　とり　いぬ　ゐ　　同
むまれよりひつじつくれば山にさるひとりいぬるに人ゐてゐませ
あらふねのみやしろ　　すけみ
莖も葉もみなみどりなる深芹は洗ふ根のみや白く見ゆらん
くちばいろのをしき　　同
あしびきの山の木の葉の落口は色のをしきぞあはれなりける
鼠の琴の腹に子を生みたるを　　同
年を經てきみをのみこそ寢住みつれ異腹にやは子をば生むべき

採用物名は多彩になり、一語の音數も増して來た。古今では一語なら紀友則の「桔梗《きちかう》の花《はな》＝秋近う野はなりにけり」あたりが長い方であつたが、ここでは「荒船の御社」等九音になつてゐる。だが歌そのものは鑑賞に耐へぬ陳腐低調、いはゆる誹諧歌の變な穿《うが》ちがないのがせめてもの慰めと言つたところだ。物名長きを以て貴しとせず、多様なるのみを巧とせず、ただ一語でも名の命に觸れた一例を、私は後拾遺の雜に見る。但しこの集に「物名」の特記はない。

みなづきばらへをよみ侍ける　和泉式部

おもふことみなつきねとて麻の葉を切りに切りてひ祓《はら》へつるかな

和泉一代の秀作に數へてよいこの一首が、事もあらうに「誹諧歌」の中に見える。水無月＝皆盡きと、物名歌擬きに詠み込んだことなど、既に痕跡もない。この凄じい氣魄の疊みかけは、述志の何のと喋喋する要もなく、見事呪文となりおほせた。さればこそ法性寺關白記には、公事根源六月大祓に、この歌を詠ずべしと記し止めたのであらう。

敕撰和歌集の物名は十二世紀以後も乾季の溪流のやうに斷續的に隱顯しつつ、しかも執念深く命脈を保ち續ける。當意卽妙に、具體的に修辭力を披露するには、甚だ恰好なアイディアでもあつた。廣義の挨拶にもふさはしい趣向だし、發想自體が俳諧的とも言へる。

千載集　雜　物名十一首

百首歌奉りける時、隱題《かくしだい》の歌きりぎりす　待賢門院堀川

秋は霧霧過ぎぬれば雪ふりて晴るる間もなきみやまべの里

笠置の窟《いはや》　登蓮法師

名にし負はば常はゆるぎの森にしもいかでか鷺のいは安くぬる

新敕撰集　雜　物名二十六首

大和琴、神樂　藤原實定

湊山とことはに吹く潮風に繪島の松は浪やかくらむ

錦の衾《ふすま》　源　有仲

むかし見し外山のさとは荒れにけり淺茅が庭に鴫の伏すまで

清見潟、富士の山　藤原行能

君しのぶ夜な夜な分けし道芝のかはらぬ露や絶えぬ白玉

玉葉集　雑

月、鈴蟲、紅葉　藤原俊成

峯つづき山邊はなれず棲む鹿も道たどるなり秋の夕霧

男、女《をむな》　藤原隆信

入相の鐘の音こそ悲しけれ今日をむなしく暮れぬと思へば

續千載集　雜體　物名十五首

李の花　藤原隆信

世を捨つとわかでいふらむけふあすものはなにゆゑ思ふわが身ぞ

木賊《とくさ》、椋《むく》の葉　源　俊頼

ほどもなく夙《と》く寒く野はなりにけり蟲のこゑごゑ細りゆくまで

續後拾遺集　物名二十七首

蟬、螢　後宇多院

沖つ風みるめを波に螢の袖潮たるとだに知らせてしがな

夜、雉鳴く　藤原相如

わたつみの波にまがへる浮舟は寄る岸なくて悲しかるらむ

新千載集　雜　物名

紫の袈裟　　入道二品親王覺性

いかなればゆるぎの杜のむら鷺の今朝しも殊にたち騒ぐらん

人の許に青葛籠《あをつづら》に栗、柹、棗、糫《まがり》など入れて、花こきまぜて遣はすとて　　恵慶法師

繰返し籬のうちに花つめばいとまかりにもありとやは見る

返し　　讀人しらず

わざとこそ栗は棗の曲り木に匐ひまつはるる青つづらをば

榊、御幣《みてぐら》　　津守國助

藻鹽草搔きしくあまの床を見て暮さば宿と頼むはかなさ

新拾遺集　雜　物名十首

笙、笛、篳篥《ひちりき》、琴、琵琶　　讀人しらず

憂しや憂し花匂ふ枝に風通ひ散り來て人のこととひはせず

二條院の御時、ひだりまきのふちふち、桐火桶をこめて、河に寄せて歌奉るべき由おほせありければ、みづからの名を添へて詠み侍りける　　源　頼政

水ひたりまきの淵々落ちたぎり氷魚《ひを》今朝いかに寄りまさるらん

新續古今集　雜

ある人の許より蛤、螺《にし》、石蜐《せ》、烏賊、蝤蛑《かざめ》、海松《みる》、此の六《む》種《くさ》の物をおこせたりけるを見て、戀の心によせて詠み侍りける　　源　俊頼

わが袖はまくり手にして隱せどもいかでかさめに濡ると見るらん

はしばみ　　澄覺法親王

多來てはしばしは水のおとづれし筧もこほる夜はの寂しさ

二十一代集の中、物名を撰入してゐるのが十集、歌數は計二百二十二首。但しこの中、續後拾遺のみが物名を殊更に部立《ぶだて》してをり、他は雜もしくは雜體の部に誹諧歌等と同居してゐる。また、新敕撰の物名二十六首中には、引用の行能作「清見潟、富士の山」のやうに、沓冠歌六首を含む。また各集の引用作品は、なるべく當代歌人の作を抄出しておいたが、實際は十世紀、十一世紀に活躍した歌人のものが頻出する。

新古今が物名、誹諧を拒んだのは一に後鳥羽院の見識であらう。勿論院が愉しみとして連歌に耽り、かつは白拍子作詞さへ試みたのは隱れもない事實であり、物名にも必ずや縱横に機智を誇示したことだらう。だがそれをあくまでも「詞華」に列せしめる「作品」とは認めなかつた。物名歌の選擇に關しては、その代その世の特徵、特長があらはに見られる。第九代集以降に俊成、定家、隆信あたりの前代歌人の佳作が度度現れ、惠慶の問題作が新千載に到つて始めて採られてゐるのもなかなかの眺めではある。千載集以後の物名に現れる作者中、特に目に立つのは次の六人と思はれる。

源俊頼（五集計十一首）

藤原俊成（四集計四首）

藤原隆信（四集計四首）
津守國助（三集計四首）
源　頼政（二集計三首）
曾根好忠（三集計三首）

いづれもさこそと頷ける才智横溢の歌人ばかり、中で頼政、好忠の二者は、その自在、奔放な歌風を思ふ時、おのづから微笑が湧く。ただ現代人の目から見ると、物名と詠込和歌との清濁が必ずしも一致しないのが、いささかならず氣にかかる。時代の差は言ふまでもなく、氣にする方がをかしいのだらうが、それでも、更に一工夫することによつて一致は易い。たとへ清轉濁轉によつて、物名の所在を朧にする效果があるにしても、かつそれを計算に入れて敢へてしたにせよ、なほ引つかかる。物名は一種の輕い頭腦體操としても、試作すれば面白いものだ。回文より自由で、姓名をも頼政流に物名に數へれば贈答の歌としても活用できる。

「桃、杏、あはれ無花果、柿に胡頽《ぐみ》、實となる花はなべてつつまし」なる歌をたまはりたるに應へて斷酒の決意せし人の歌へる。

按ずるに酒はも最早一時苦の種と書きつつ涙ぐみたり

父の仇敵、傾國の麗人紫苑《しをに》を討たむと出郷するに臨みて歌へる。

美女紫苑來とも克つべし太刀取らば柄《つか》も徹れと國を出でたり

前者は注を要せず、後者は上句に「雄邦本塚《をにくともかつ》」下句に「塚本・邦雄」を詠込んだのが味噌であるが、人名いかなるものでもこのやうに隱題風に處理可能である。「お・を」「え・ゑ」「い・ゐ」の混、轉用が許されるならほとんど自由であると言つてよからう。

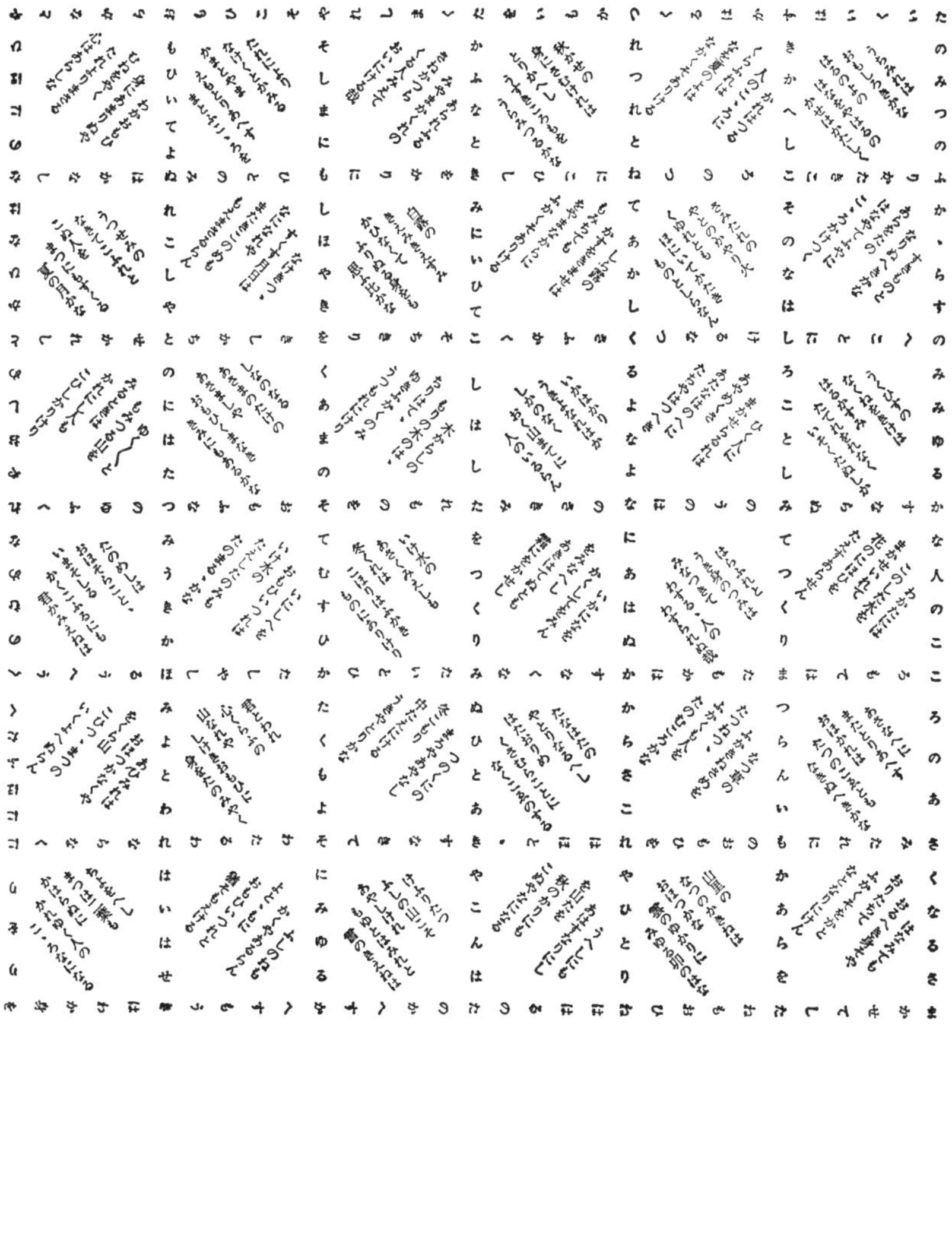
たのみつのよか・らすのみみゆるかな人のこころのあきくなるきま

* **

源《みなもと》　順《したがふ》作　碁盤歌（前頁）

同　雙六盤歌

碁盤歌は既にあまりにも高名な、この種の作品では今日私達のまさ目に見得る最古のものだ。私の見た解説のほとんどは、これを作者順が五十首歌を碁盤上に配し、沓冠をかたみに繋いだものであり、計十四首で縱横の罫を造り、三十六の目の中には單に互ひ違ひに斜に散らしたとしてゐる。勿論この解に誤りはない。だがそれだけで作者の眞意は摑めず、趣向を覺つたことにもなるまい。すなはち縱横各七本の線の交錯によつて生れるのは、三十六の「目」である前に、九箇の「田」の字であつた。目の中に漫然と斜に歌を置いたのではなく、「米」の字のカリグラムを生んだのだ。大枠を形成する四首の歌、中の、文字通り井然たる縱五首横五首計十首の歌を一讀すれば、これらが「田植草紙系歌謡群」に勝るとも劣らぬ田歌然とした歌であることに氣づかう。

田の水の深からずのみ見ゆるかな人の心の淺くなるさま
鋤《す》き返し去年《こぞ》の苗代ことしみて作りまつらん妹《いも》が新小田
播かせてし種も生ひねば春の田の返す返すもうきはわが身を
數ならぬ身を卯の花の咲きみだれものをぞおもふ夏の夕暮
野邊毎に藉ける夏草深くこそ契りおきしか千歳《ちとせ》かれじと
ふりがたき心の常に戀しきをかりにも人の見ぬはかなしな
折々に匂ふたくへの梅なれば惜しめど甲斐な花の匂ひや

宿ながら思ひこそやれしまく田を妹が作るは數はいくいた

農耕と相聞の交錯によつて田の字九箇は形成される。米の字を描く斜體の三十六首は、これまた軌を一にして米作と戀が絡みあひつつ、右から左へ春夏秋冬戀と、あたかも部立でもしたやうに正確に推移してゆく。梨壺の五人の中でも殊に詩文の才群を抜く嵯峨源氏の裔の貴公子順は、天才歌人徽子女王とも同時代文人、同志の一人として心通ふものあり、彼女の娘規子内親王のサロンの中心人物となつてゐた。その英才貴族が藤家の

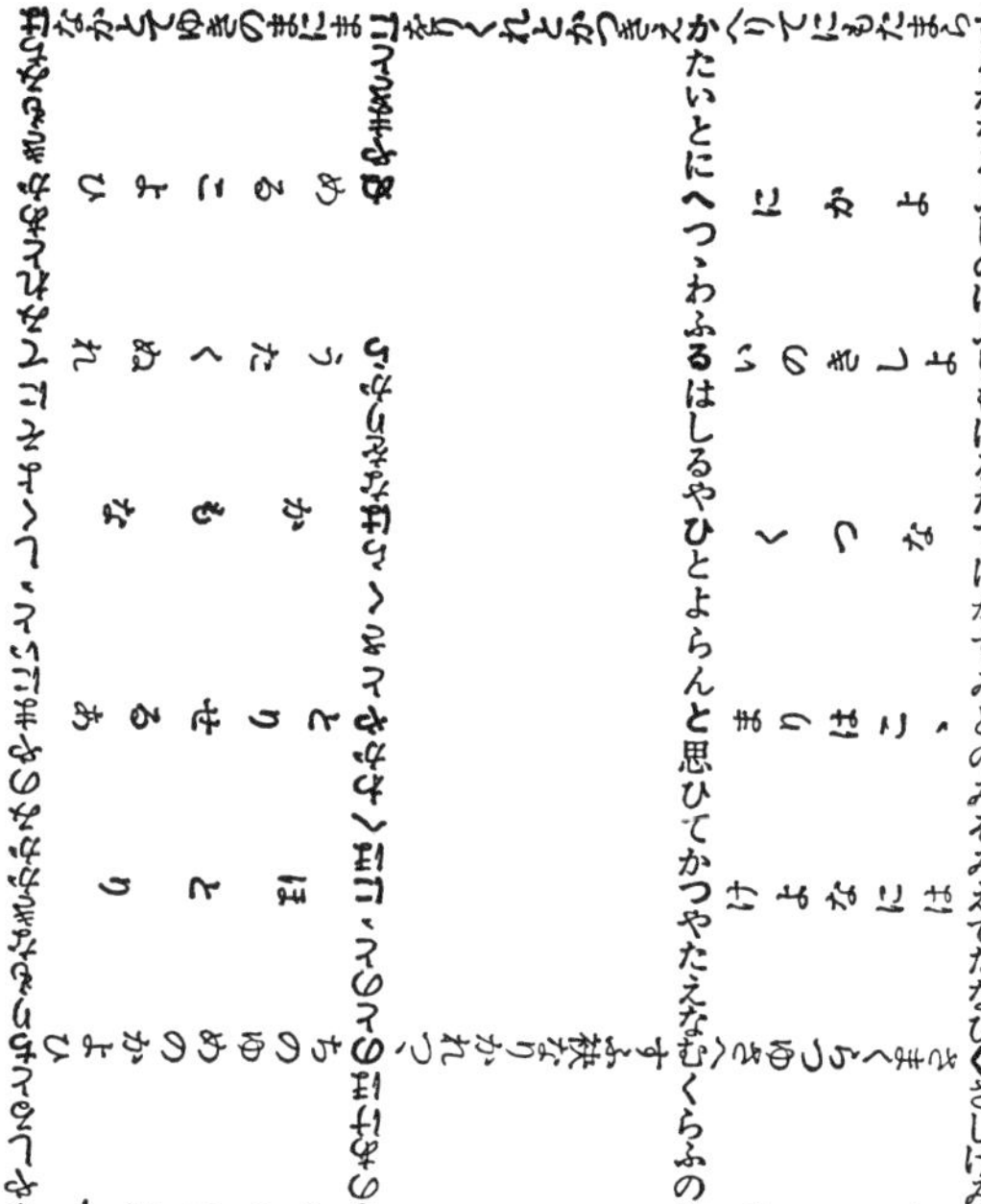

権勢の影となつて志を遂げず、處を得ず、從五位上に止つてその鬱屈を、このやうな超絶技法で慰めてゐたことを思ふ時、田歌に託した凄じい述志は心を搏つ。單なる言語遊戲と解しては順の一面しか見てゐないことにならう。

うち見ればおもしろきかな春の夜の花をや春の風はかたしく
すきものとなりぬべきかな新小田の花や蝶やに心かけつく
わが田には木《こ》の下水《したみづ》をまかせ入れて花の匂を絶えずあらせん
さみだれの宿の蚊遣火くゆれどもほに出でがたきものとしならん
夏草の深きねざめを尋ねつつ深くも人をたのむ頃かな

「好き・鋤《す》き」「火《ほ》に出で・穗に出で」の懸詞、我田引水は花の香を湛へるための風雅、いづれも作者の、この一篇の形象詩《カリグラム》にかけた作意の尋常ならぬことを知るよすがとならう。

雙六盤歌は碁盤歌に先んじて作られたものであらうし、歌數は遙に少いが、張り周らせた言葉の智慧の網目の細《こまか》さは、兩者伯仲すると言つてよい。すなはち下左角の「す」、上へたどつて中央の「く」、上左角の「ろ」、右へたどつて九字目の「く」、同じく右へたどつて「白玉の」の「の」、上右角の「い」、下へたどつて中央の「ち」、下右角の「は」といふ風に規正しく追つて行き、次のやうな歌が浮び上つて來る。

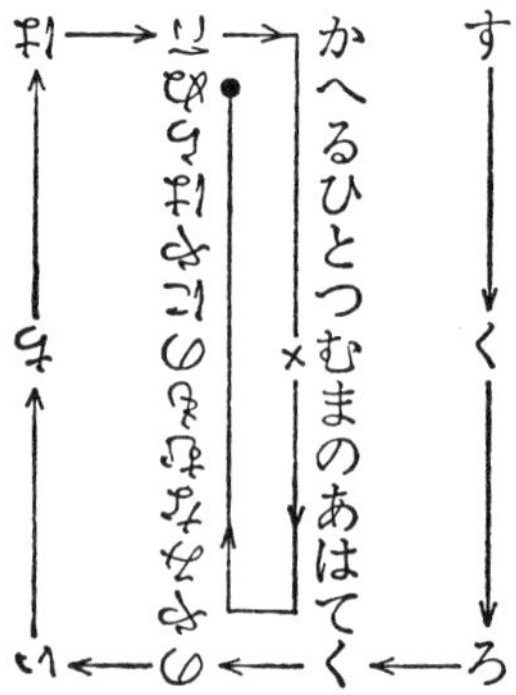

雙六《すぐろく》の一半《いちば》に立てる人妻の逢はでやみなむものにやはらぬ
拾遺集　雜戀　よみ人しらず

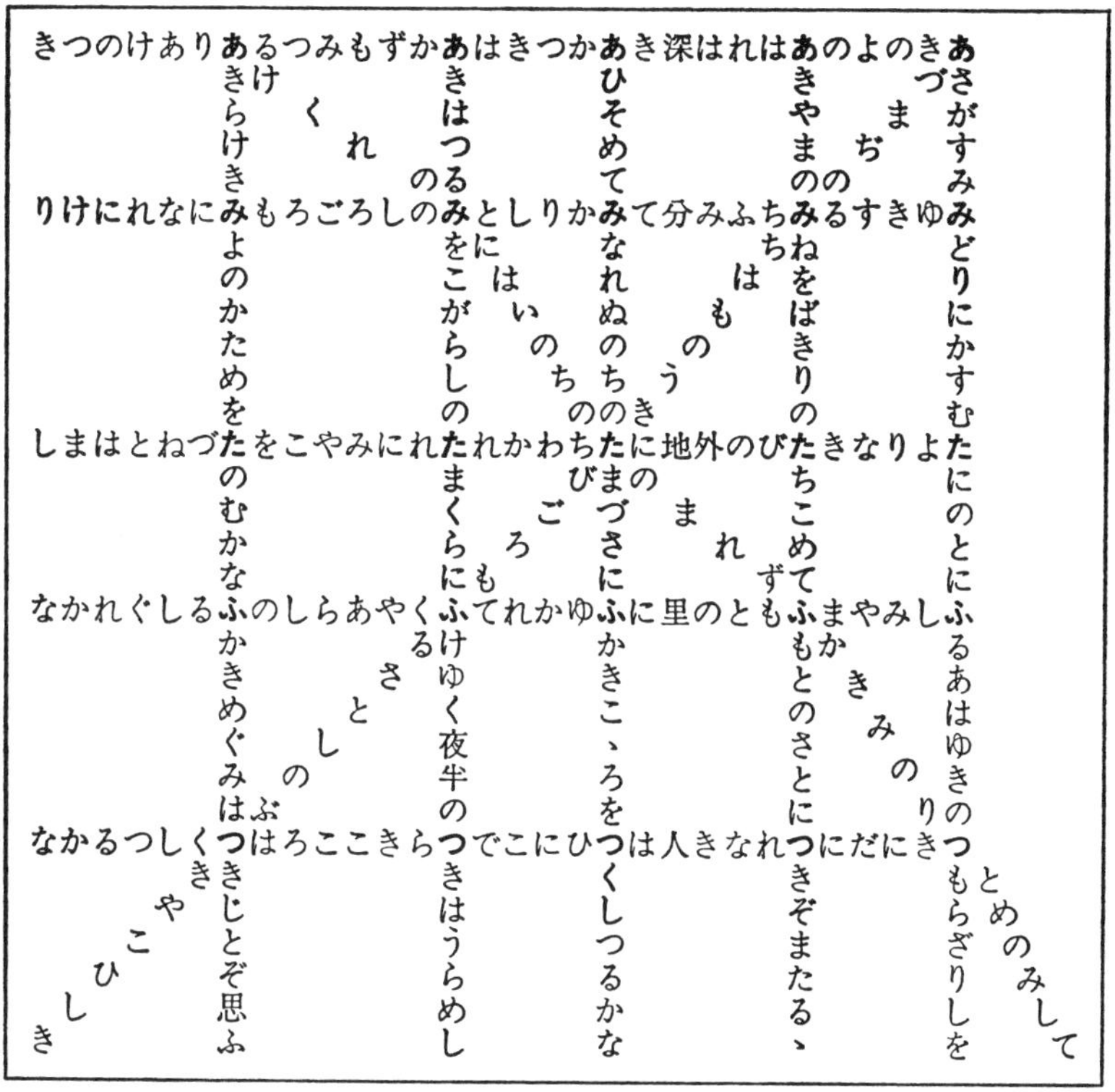

すなはち拾遺第二句「一半《いちば》に立《た》てる」を「かへる」と變へて用ゐてゐる。そして雙六盤にちなんで採り上げたこの古歌は、他の文字の中に完全に隠されて、よほどの鍵でも與へられない限り、一寸やそつとでは發見されない。歌は未亡人がこの後、他の男に逢はずに終ることもできようと、獨りを貫く決意を仄めかす意、ゆゑに隠すが花、他の顯れた歌とも微妙に響きあふ。

花かとて雪のまにまに折りくれど
かつ消えかへり手にもたまらず
駿河なる富士のけぶりも春立てば
霞とのみぞ見えてたなびく
草繁み人もかよはぬ山里にたがう
ちはらひ作る苗代
轆轤にや絲も引くらん引く繭の白
玉の緒ぞぬけど絶えぬ蜘絲《い》
いづこなる草のゆかりぞ女郎花《をみなへし》こ

ころを置ける露や知るどち
塵もなき鏡の山にいとどしくよそにて見れど赤きもみぢ葉

春・春、夏・夏、秋・秋、二短二長の線を描いて枠をなすこの六首は、その冠と沓を順に〈す・く〉〈く・ろ〉〈ろ・い〉〈い・ち〉〈ち・は〉〈は・す〉で繫ぐ。ちなみに古代の雙六は今日のものとは少しく面目も内容も異にし、二者一對一、采筒から振出す采の目によつて、盤上の石を動かす。

碁盤歌、雙六盤歌、いづれも十八世紀末に小澤蘆庵が順の方法に則つて、その才腕を示した。殊に碁盤の方は目の中の歌を少くして、代りに上右角から下左角、下右角から上左角へ大きく斜に繫ぎ、碁盤目と交る點の文字を一致させる。この技法を八重襷《やへだすき》、もしくは木綿襷と呼ぶ。順と蘆庵の中間に生きた京極爲兼は十三世紀末から十四世紀初頭にかけて、沓冠歌や木綿襷歌に格別の執心を示し、特に「あみだぶつ」の折句を五行に書き、それぞれ横の列は頭韻で鎖歌とし、更に名號《みやうがう》の襷をさへ掛ける秀作をものした。一度は佐渡へ、一渡は土佐へ、生涯に二度も配流の憂目を見た定家末裔は、その歌風の奇を以て聞えた。御子左家最盛期の狂言綺語が、その家の斷絶寸前に再び花開いたのだらう。

三、いろは歌今昔

「色は匂へど散りぬるを　わが世誰ぞ常ならむ　有爲の奥山今日越えて　淺き夢みし醉ひもせず」、七五調四句、この今樣風歌謠はそのまま涅槃經の四句の偈《げ》「諸行無情　是生滅法　生滅滅已　寂滅爲樂」の巧妙な和讚體となつてをり、四十七文字の假名すべてを一回限り用ゐた四十七音から成つてゐる。易きに似てこれくらゐの難事も稀であらう。言葉遊びの中でも殊に非凡な技術を要求され、古來幾多のパロディが現れて鎬を削り、今日なほマニヤは跡を絶たない。だが、決して嚆矢と目されるこの「いろは」を越えるものは生れてゐない。

作者は一應「不詳」と見做すのが定説となつてゐるやうだが、通説は樣樣で、萬葉時代にまで遡る俗言まで罷り通つてゐるとか。何しろ「いろは歌」の研究、注釋書だけでも、「いろは音義派」「以呂波音訓傳」「以呂波聞書」「以呂波訓義抄」「以呂波見聞《けんもん》」「以呂波字考錄」「以呂波字辨」「以呂波正字編」「以呂波聲母傳」「伊呂波探玄抄」「以呂波註解」「以呂波傳」「以呂波傳受」「伊呂波天理抄」「伊呂波童蒙抄」「以呂波之傳」「色波之傳記」「以呂波祕釋」「以呂波便蒙抄」「以呂波本源」「伊呂波問辨」等等、今日に傳はるものだけでも二十を越える。私的な、非公表研究は多分これの數倍存在することと思はれる。

これらの著の多くは作者を空海に擬してゐる。論證が絶對性を缺く憾みはあるが、これほどの超絶技巧を驅使できる天才が、他に想定不能といふのも理由の一部だらう。また、弘法大師と、彼の同時代知識護命僧正の合作說も、かなり信じられてゐる。冒頭の七五が護命作、殘部が弘法作とするが、これまた證據を缺く。なほまた、空海四十一歳當時、すなはち八一四年成立の敕撰漢詩集『淩雲集』に、従五位内膳正仲雄王の作として、彼が弘法大師に謁した詩が採られてをり、詩句の中に「字母弘㆓三乗㆒眞言演㆓四句㆒」なる件《くだり》が見える。勿論「いろは歌」へのオマージュであり、この當時既に錯誤傳承があつたとは到底考へられない。空海作の有力な傍證の一つであらう。

超絶技巧云云から空海作を類推する別のデータとして「咎無くて死す」の隱文字謎《かくれアナグラム》が擧げられる。すなはち、

いろはにほへと
ちりぬるをわか
よたれそつねな
らむうゐのおく
やまけふこえて
あさきゆめみし
ゑひもせす

と七音六行五音一行計七行に分ち書きし、その脚音を右から左へ拾ふと無辜刑死の主題が浮んで來るといふ論法で、これは近世までにほぼ常識化してゐたやうだ。竹田出雲・三好松洛・並木千柳の合作「假名手本忠臣藏」など、その常識を前提としてのタイトルであり、四十七士と四十七字のダブル・イメージを淨瑠璃もしくは歌舞伎の聽衆觀衆も樂しんだと考へてよからう。この無辜死罪暗示をのみ材料として、萬葉時代に作者を求め、かつ附會する輕率な自稱研究家もゐるやうだが、前記七字六行列記の上右角・上左角・下左角を一字づつ綴ると「いゑす」が現れ、最上段を右から左へたどると「いちよら・やあゑ」、ヘブライ語の「エホヴァ（ヤーヴェ）燔祭に赴きたまふ」が歴然と示されるといふ事實を如何に解するか、これは問題であらう。

キリスト敎が入唐《にったう》したのは七世紀半ばと推定される。衆知の通り四二八年コンスタンチノープルの大主敎であつたネストリウスの一派で、敎義は波斯・印度を經て滔滔と支那に流れ入り、約一世紀を經てこの新奇な宗敎は、唐の人士を魅了し、長安の都には景敎寺院が壯麗な伽藍を誇示した。いはゆる景敎流行中國碑が建てられたのは七八一年、これが發見されたのは九世紀の後一六二五年のことであるが、その隆盛の樣を十二分に裏書するものと言はれる。「景」は「宏大」を意味し、この命名自體、當時の唐人の歎稱、憧憬の念が推察される。

唐に於ける景敎風靡の樣をつぶさに視、かつ敏感に反應し得たのは、本朝遣唐使、隨行者、入唐僧侶の中の誰であらう。六三〇年の第一回遣唐使犬上御田鍬は景敎渡來以前だ。八三九年最後の遣唐使藤原常嗣まで十數度、その一人一人を按ずる時、才智、學識、情熱等、空海に匹敵する人物はあるまい。彼の入唐は八〇五年、その時壯年三十一歳、二年間の在唐期間中、景敎に興味を持たなかつたはずがない。景敎寺院の內部がいかに莊嚴されてゐたか、漢譯聖書がどの程度のものであつたかは推測の方法もないが、あの空海ならば、あるいは「いちよら・やあゑ」「いゑすとがなくてしす」の默示を案出するのに、さほどの背伸びも必要としなかつたらう。

作者空海說が退引《のつぴき》ならぬ根據を浮び上らせるのは、この邊のミステリアスな背景である。そして、更に慄然とするのは、表に大般涅槃經《だいはつねはんぎやう》を誦《ず》しつつ、裏にイエスの「エリエリラマサバクタニ」を代理呪詛し、かつ舊約エホヴァの業《わざ》まで暗示するといふ、まさに魔術的文字謎驅使法の冱えである。キリスト敎的默示の部分が後世の好事家の牽强附會とする說も行はれてゐるやうだ。單なる遇然に過ぎぬとの否定論だ。それもよからう。ただ、全く意識することなく、これほどの主題を隱し得るとしたら、その作者は數世紀に一人の智慧者であらう。後世のパロディ、競作の類、それならばたとへこぢつけでも、迎へ讀みでもよい、この壘を摩する技巧が操り得たか。四十七乃至八文字を用ゐて、かつがつコンテキストを成すやうに整へるのが精一杯、二重の謎など高嶺の花どころか異次元の寶玉ではなかつたか。

擬似「いろは歌」の類に、古今集序に見える「難波津」と「淺香山」が知られてゐる。擬似とは言つても、その整然たる修辭技法に關してではなく、習字典範としての便宜、便利を謳はれ、傳承されたに過ぎない。すなはち「難波津に咲くやこの花冬ごもり春さり來れば咲くやこの花」と「淺香山影さへ見ゆる山の井の淺き心をわが思はなくに」の二首である。もつとも前者は四十七文字の中十五字だけ、後者は二十四字だけ出て來るばかり、手習ひするとしても「いほとちぬよたそねらむうえてめしゑひせす」の二十字は脱落する。

次に暫時重寶されるのが「あめ・つち・ほし・そら　やま・かは・みね・たに　くも・きり・むろ・こけ　ひと・いぬ・うへ・すゑ　ゆわ・さる・おふせよ・えのえをなれゐて」の四十八音である。意味があまりにも素樸單純な物象羅列で、最後の八音など何のために「え」を二度用ゐるのか理解に苦しむが、九世紀初頭から十二世紀半ばまでは、相當浸透してゐたやうだ。たとへば例の幾何學的均整美を誇る文字謎の名手源順にしても、「あめつちの歌四十八首」云云と詞書して、春は「あめつちほしそら」夏は「やまかはみねたに」秋は「くもきりむろこけ」冬は「ひといぬうへすゑ」思として「ゆわさるおふせよ」戀を「えのえをなれゐて」の順に仕立ててゐる。順はこの四十八音を一首の冠と沓とに置いての詠である點、たとへば後世の定家の、高名ないろは文字鎖歌とは全く趣を異にする。左は「春」の「ほしそら」だ。

ほのぼのと明石の濱を見渡せば春の波わけ出づる船の帆
しづくさへ梅の花笠しるきかな雨に濡れじと君や隱れし
空寒みむすびし氷うちとけていまやゆくらむ春のたのみぞ
蘭《らに》も枯れ菊も枯れにし冬の夜も越えにけるかな佐保の山つら

順にとつてはこれしきの技巧はほんの初歩的なもので、取り立てて言ふほどのこともないが、かういふ擬・定數歌が家集卷頭に飾られるのを見ても、「あめつちほしそら」が、一種の權威を持つてゐたことが偲ばれよう。ちなみに「蘭《らに》」は言ふまでもなく藤袴の異稱、定家のいろは歌同様、順の場合も「らりるれろ」の特に冠に心を使つてゐるやうだ。

四十七音一回使用の歌は作者不詳の古傳として左の二つがある。平假名に振漢字したものだが、前者は語を半截にして續けるのみ、處處に意味不明の文字使ひも現れる。

日文《ひふみ》の歌

ひ《人》ふ《含》み《道》よ《善》い《命》む《報》な《名》や《親》こ《児》と《倫》も《元》ち《因》ろ《心》ら《題》ね《錬》し《忍》き《君》み《る》ゆ《豊》ゐ《位》わ《私》ぬ《盗》そ《勿》を《男》た《田》は《畠》く《耘》め《女》か《蠶》う《積》お《織》え《家》に《饒》さ《榮》り《理》へ《宜》て《照》の《法》ま《守》す《進》あ《悪》
せ《攻》ゑ《絶》ほ《欲》れ《我》け《刪》

天地《あめつち》の歌

あめ《天》つち《地》ひら《開》け《闢》　かみ《神》なり《生》まし《坐》て　とこ《常》よやす《世安》く《國》たき《尊》える《得》おもの《御物》　われ《我》はむ《食》へ《經》ぬゐ《營》　ゑそう《夷狄滅》
せほろふ《亡》　ゆさ《豊榮》をいね《治稲》

近世に入ると細井廣澤が、いろは歌に俄然對抗して「君臣歌《きみまくらうた》」を試みる。すなはち傳空海作は佛教思想のみ、ここにすべからく神道儒教に則つた典範歌あるべしと、日夜魂を勞してゐたところ、一七二〇年某夜、湯島天神が夢枕に立ち「きみまくらおやこいもせにえとむれぬ」と告げ給ふた。この神授發句に三十五文字を加へて新しい倫理歌を創らうと、彼は三日三晩呻吟して得たのが左の一篇であつた。世には歌そのものより、前提となる靈夢の一幕に感動する人も多く、一部には持て囃されたが、當然のことにたちまち廢れた。

きみ《君》まくら《臣》おや《親》こ《子》いもせ《夫婦》にえ《兄弟》とむれぬ《群》　ゐほり《鑿井》たうえ《種田》て《而》すゑ《末》しげる《繁》　あめつち《天地》さかえ《榮》よをわ《勿侘際》

び《世》そ　ふね《舟》の《之》ろ《櫓》なは《繩》

十八世紀末には奇才未足齋六林子が現れた。彼は四十七文字に「京」と「ん」と疊字用の白の五十枚の字牌を常に携へ、隨時隨所で即興の詩歌、連歌、文章、謠、小歌を吟じ、牌を並べて興行するのを得意とした。同時代の俳人横井也有や太田蜀山人も、その當意即妙、丁丁發止の趣向手練に啞然として、聲援稱揚を惜まなかつたと傳へる。左は未足齋の速吟例と也有、蜀山人の讚辭、すべて四十七乃至八字歌で纏めてゐる。

井上春蛾筆『東海道紀行濱荻』に餞けた和歌一首と詞書六文字十

おほな《大名》やあわ《未會》ぬゐ《詠》いよ《好》けれ《矣》か《感》むぜ《焉》り

いろ《色》そえ《添》ぬちさと《千里》こへ《越》み《見》るたびまくら《旅枕》　ゆめ《夢》をもうつす《寫》ふて《筆》のにしき《錦》は

藤尾勾當への琴歌

はるごろ《春頃》うえし《植》あいおゐ《相生》の　ねまつ《根松》ゆくゐにほふ《匂》なり　よわひ《齢》をすへやかさ《重》ぬらむ　きみ《君》も

ちとせ《千歳》ぞめでたけれ

五言律詩體　寒梅

えならぬかほり《香》ねや《聞》おとづれ《訪》　ゐけ《池》はおし《鴛鴦》　にわ《庭》のむめ《梅》　いろ《色》そふ《添》あさ《朝》　こゆき《粉雪》ちる《散》よべ《宵》

まだうぐひす《鶯》　み《見》えもせで

横井也有の讃　雪中奇懷

いま《今》ゆき《雪》よりあけ《明》そむる《初》　たれ《誰》うゑぬ《植》はな《花》すべて《總》さく《咲》　え《得》にほは《匂》ねどゐや《彌》めづらし《珍》　ろ《爐》のひ《火》をかこみ《圍》せち《切》おもふ《思》

太田蜀山人の讃

けふ《今日》つのもじ《文字》をえて《得》まねび《學》　ちいう《智優》になよ《名能》ゐ《い》たはれ《戯》ごと《言》わざ《業》ゆゑ《故》　あか《赤》らめ《目》せずおぼへ《覺》ぬるぞや　ろくりむきみ《六林君》

「つの文字」とは六林子の著作で、詩三、歌十四、文章二、琴歌十三、弦歌一、小謡一を含むものであつた。ともあれ、これらすべて、また「君臣歌」も同様、假名遣ひはすこぶる不統一で、單に近世風に亂れるのみではなく、「い・ゐ、え・ゑ、お・を」を始めとして、窮すれば、知りながら錯用で逃げてゐるものがあまりにも多く、見るに耐へぬ場合も生ずる。十九世紀初頭、本居宣長の試みた左の田植歌など、さすがにしつかりした假名遣ひだが、詩性は缺如してゐる。

雨降《あめふ》れば堰埭《ゐぜき》を越《こ》ゆる水分《みづわ》けて　諸人《もろひと》康《やす》く下《お》り立《た》ち
植《う》ゑしその群苗《むらなへ》　稲《いな》よ眞穂《まほ》に榮《さか》えぬ

これら有志多才の作者の努力にもかかはらず、四十七、八音歌は、つひに「いろは」以外定著しなかつた。そしていかに贔屓目に見ても、傳空海作の優雅な和讃を凌ぐものは一篇もない。そして月日はすみやかに周り二十世紀に入る。明治三十六年、萬朝報社は四十八音一回使用一篇とする「國音《こくいん》の歌」を懸賞募集した。期間四箇月、應募歌は一萬を越え、詮衡に一箇月半を要したと傳へる。同年七月十五日、精選ベスト20が發表された。

1 鳥啼《とりな》く聲《こゑ》す夢覺《ゆめさ》ませ 見《み》よ明《あ》け渡《わた》る東《ひんがし》を 空色榮《そらいろは》えて沖《おき》つ邊《べ》に 帆船群《ほぶねむ》れゐぬ靄《もや》の中《うち》
埼玉 坂本百次郎

2 堰《ゐ》塞《ぜき》稻《いね》植《う》ゑ刈《か》り收《をさ》む 負《お》ふ穗《ほ》も揃《そろ》ひ土肥《つちこ》えぬ 稀《まれ》に見《み》る夢安《ゆめやす》らけく あな樂《たの》し世《よ》と我《わ》は經《へ》てん
東京 堀 幸

3 細山川《ほそやまかは》の末《すゑ》を見《み》よ 千《ち》船群《ふなむ》れゐる廣瀬《ひろせ》あり 夢怠《ゆめおこた》らで業遂《わざと》げん いつにし消《き》えぬ名《な》も得《う》べく
東京 常盤千代

4 垂髪《うなゐ》の頃《ころ》ぞ智慧《ちゑ》を練《ね》り 還《かへ》らぬ月日《つきひ》無益《むだ》にせで 文業勵《ふみわざはげ》め譽得《ほまれえ》よ 悔《く》ゆるも明日《あす》や年老《としお》いん
千葉 高木 徹

5 雪降《ゆきふ》る峯《みね》は老松《おいまつ》も 聳《そび》えし梢打《こずゑう》ち垂《た》れぬ 我《わ》を宿《やど》らせよ圍爐裏邊《ゐろりべ》に 曙寒《あけぼのさむ》く眺《なが》めてん
伊豆 鈴木多喜

6 智能《さとり》を廣《ひろ》く胸《むね》に据《す》ゑ 世《よ》の爲道徳《ためみち》も推《お》し行《ゆ》かば 盡《つ》きせぬ名譽《ほまれ》揚《あ》げ得《え》んぞ 奮《ふる》へや髫童《うなゐ》いで若子等《わこら》
武藏 服部元彥

7 終日汗《ひねもすあせ》に己《おの》が業《わざ》 卒《を》へてこそ得《え》め足《た》る八千穗《やちほ》 野菜摘《ぬなつ》み團居《まどゐ》夕餐張《ゆふげは》り 淸《きよ》く笑《ゑ》むらん色嬉《いろうれ》し
福岡 今井元三郎

8　植《う》ゑ置《お》ける菫《すみれ》冬《ふゆ》經《へ》得《え》て　綻《ほころ》び初《そ》めぬ小《ちさ》き花《はな》　騰《た》つや香《かをり》弱《よわ》くとも愛《あい》の胸《むね》にし參《まゐ》らせん

伊豫　芝　重義

9　笑《ゑみ》を含《ふく》める朝日《あさひ》影《かげ》　蒔《ま》きし野面《のづら》も色《いろは》榮えて　大根《おほね》茄子《なす》瓜《うり》早稻《わせ》豐《ゆた》に　家內《やぬち》ぞ群居《むれゐ》常世《とこよ》經《へ》ん

但馬　宮脇　郁

10　飛鳥《あすか》山姬《やまひめ》紅葉《もみぢ》植《う》ゑ　今日《け》紅《ふくれなゐ》の濃《こ》き色《いろ》に　染《そ》むる手業《てわざ》は覺《おぼ》えぬを　昨夜《よんべ》白露《しらつゆ》たねとせり

東京　赤松景福

以下二十番まで似たり寄つたり、道歌紛ひの勤勞讚歌、俗臭紛紛たる自然讚歌が、舌足らずな辭句を集めて捏ち上げられてゐる。その明治初年特有の倫理臭は、二番以下にも拭ひ切れない。そして第一位の「鳥啼く聲す」だけは比較を絶してゐる。赤人調とも、人麻呂風とも、家持風とも言へさうな、この清清しい敍景歌は、堂堂として四十八音一回限りの制限を全く意識させない。第三聯の「空色榮えて沖つ邊に」の轉が、殊に鮮烈な效果を奏でた。第五位の「雪降る峯」が、同じ第三聯の「我を宿らせよ圍爐裏邊に」で、俄に低調化し、一篇を艶消しにしたことを私は惜む。これ以後萬朝報社では「いろは順」に代つて「とりな順」を勵行したと聞く。私は二十位まで通覽して、「とりな」の次には、むしろ第十八位の氏姓盡しを嘉《よみ》したい。

八十《やそ》氏《うぢ》增《ま》して大江《おほえ》・布留《ふる》・櫻井《さくらゐ》・權田《ごんだ》・長谷《はせ》・楡木《にれぎ》・餌守《ゑもり》・犬飼《いぬかひ》・根津《ねづ》・夢野《ゆめの》・小室《をむろ》・和氣《わけ》など算《よ》み能《あ》へず

東京　萬年昭明

四十八文字歌は戰後ふたたび巷間に蘇り始める。昭和二十七、八年頃、「週刊朝日」募集の「新いろは歌」入選作、昭和四十一年以降、「週刊讀賣」企劃の「新『いろは歌』」應募當選作等、まことに多士濟濟、「とりな」を蒼褪めさせるやうな秀作も出現した。左に引用するのは、その一部分に過ぎない。

週刊朝日「新いろは歌」

あゝ廣島　　宮城　中川　弘

あはれわが夜毎夢《よごとゆめ》みる　失《う》せ亡《ほろ》ぶ邑《むら》の衢《ちまた》や　末思《すゑおも》ひ冱《さ》えゐて寝《ね》ぬに　な造《つく》りそ原子兵器《げんしへいき》を

新「濡燕」　　茨城　西浦紫峰

お江戸《えど》街唄風《まちうたかぜ》そよろ　青柳《あをやぎ》けぶりほんに澄《す》む　三味《さみ》の音締《ねじめ》へつばくらも　戀《こひ》ゆゑ濡《ぬ》れてゐるわいな

名畫禮讃　　東京　島しげる

セザンヌ　ゴオグ　モネエ　マチス　ユトリロ　ピカソ　ターナの景色《けしき》に余《よ》は惚《ほ》れて　平和《へいわ》生む繪《ゑ》をみつめゐる

花賣娘　　徳島　宇山千代枝

ネオン搖《ゆ》れる頃笑《ころわら》つて　今日《けふ》街《まち》にゐた花賣娘《はなうりむすめ》　青《あを》い瞳燃《ひとみも》えやさしの靨《ゑくぼ》へ風《かぜ》そよぎぬ

搖籃　　静岡　小林知子

死《し》す小《ちさ》き掌《て》とあの靨《ゑくぼ》　まだ黄泉《よみ》に得寝《えい》ね居《を》らめ　空虚《うつろ》なる搖籃《ゆりかご》へ　咽《むせ》びぞ居《ゐ》ぬ親我《おやわれ》は

花の野邊　　和歌山　桑岡孝金

乙女《をとめ》花摘《はなつ》む野邊《のべ》見《み》えて　われ待《ま》ちゐたる夕風《ゆふかぜ》よ　うぐひす來《き》けん大空《おほぞら》に　音色《ねいろ》もやさし聲ありぬ

勸進帳　　滋賀　石川芳雄

源九郎義經《みなもとくらうよしつね》ぞ　早《はや》めて參《まゐ》る安宅關《あたかせき》　辨慶《べんけい》ほろり聲《こゑ》を呑《の》む　落《お》ち得《え》ぬわれに夕陽《ゆふひ》さす

週刊讀賣　新「いろは歌」

水無月　　東京　西紋十郎

去年《こぞ》植《う》ゑし花紫陽花《はなあぢさゐ》よ　梅雨《つゆ》やまず縁《えん》の傍《かたへ》に　今日《けふ》開《ひら》き濡《ぬ》れて色《いろ》めく　面輪《おもわ》折《を》り見《み》せねど賞《ほ》むる

雪の花嫁　　奈良　久保道夫
雪《ゆき》の故郷《ふるさと》お嫁入《よめい》り　田舎《ゐなか》畦道《あぜみち》馬《うま》連《つ》れて　藁屋根《わらやね》を抜《ぬ》け田圃《たんぼ》越《こ》え　葉末《はずゑ》に白《しろ》く陽《ひ》も添《そ》へむ

春寒料峭　　東京　大野政吉
紅梅《こうばい》に夕靄《ゆふもや》おりて　寒《さむ》げなる片割月《かたわれづき》よ　仄白《ほのじろ》く水仙《すゐせん》笑《ゑ》めど　み空《そら》冷《ひ》え寝《ね》を待《ま》ち敢《あ》へぬ

胡蝶圖　　東京　近藤春男
堂《だう》より見《み》えし八重櫻《やへざくら》　色集《いろあつ》めゐる蝶《てふ》の舞《まひ》　繪《ゑ》とぞ思《おも》ほゆ春霞《はるかす》む　汝《なれ》われ寝《ね》せに東風《こち》來《き》けん

芭蕉　　東京　塚本春雄
名《な》も不易《ふえき》奥《おく》の細道《ほそみち》　馬《うま》と繪師《ゑし》座《ざ》寄《よ》せ和《わ》す圍爐裏《ゐろり》　旅《たび》に病《や》んで眠《ねむ》らぬを　あはれ何處《いづこ》へ夢駈《ゆめか》ける

時代色をあらはに反映して、明治の昔の道歌擬きはただの一篇もない。「あゝ廣島」は、この種の歌によくある紋切型の怒號や空虛な告發が影をひそめ、釋迢空調の詠歎が胸を搏つ。「新『濡燕』」の輕妙さ、節づけして後世に殘さるべきか。「勸進帳」「芭蕉」共に珍しいテーマで、小器用に纏つた四季歌より遙に面白い。ちなみには「芭蕉」は落選作と聞く。時の選者が時事詠、際物《きはもの》吟を好んだせゐであらう。

いろは歌を頭韻とした詩歌は枚擧に遑がない。まづ引合に出される『拾遺愚草』の鎖歌は、作者定家が、主人良經からの使者を待たせておいての卽詠と詞書にあり、その速詠振がしばしば驚異の的になつてゐるやうだが、作品そのものの質から言つても、さして困難なこととも思へない。百首歌や歌合歌の讀み捨て、自選歌の沒などを以て先に四十八音の當該箇處を埋め、殘りを作り足せば、ものの一時間半もあつたらかたづかう。四季、戀の部立など、中の一、二句を改めれば變へられる。

後出の武者盡しなど、鬼才支考の面目躍如たるものがある。蕪村に半世紀先んじて生れ、かつ死んだ彼は、和詩制作においても卓抜な技法を示してゐるが、戲作の範疇に屬する伊呂波俳諧をさへ、決して輕輕に吟じ放しにせぬ。それぞれに故事を踏まへ、危く川柳の穿ちに陷りさうなところを、見事に身を交して稀なる詩情を

＊伊呂波武者　各務支考

い　異見には清盛しぼむ牡丹哉
ろ　六彌太が目にしむ梅の匂哉
は　橋桁や一來法師飛燕
に　似たものか辨慶ならば烏瓜
ほ　北條は人を醉はすや初鰹
へ　屁こき蟲啼くや夜寒の大藤内
と　時宗が紙衣《かみこ》の裏《うち》や鳴く千鳥
ち　散り際の花は汚し平家武者
り　理窟言ふ青砥が背戸の穗蓼哉
ぬ　塗笠や巴山吹藤の花
る　瑠璃頬赤啼くやこれらは常盤腹
を　恩賞の青田珍し佐々木殿
わ　渡邊や馬乘り棄てて大根引《おほねびき》
か　梶原に顏撫でらるる柳哉
よ　賴の日や尼將軍の初茄子
た　忠綱は三百羽にて渡鳥
れ　蓮生や襷でかかる納豆汁
そ　率爾なり文覺ここは御所櫻
つ　月に星千葉殿餅を搗かれけり
ね　寢覺には兼房淋し時鳥
な　薙刀に三日月飛ぶや御曹司
ら　賴光に淺漬はさむ童子哉
む　むつかしき和田の親仁の花見哉

う　產まるると公時赤し唐辛子
ゐ　猪に乘つて仁田が野分哉
の　能登殿の矢先に飛ぶや鷦鷯《みそさざい》
お　鬼王は惣嫁と出たる寒さ哉
く　楠木は具足兜で炬燵哉
や　藥師寺の次郎左衞門御慶哉
ま　松茸や御感のあまり小松殿
け　元服に御所の夜寒や五郎丸
ふ　鰒汁やはかなく淋し常陸坊
こ　乞ひ受けて池の禪尼や放生會
え　緣組に蒲殿咲くや橋の下
て　手に入るや三浦一家の出替日
あ　朝夷名《あさひな》に鬼も靡くや百合の花
さ　實盛や伽羅の油に返り花
き　菊王は船を飛び出て行々子
ゆ　百合若の鼻の嵐や村千鳥
め　飯喰の公平花の嫁入《よめり》哉
み　通盛は兜をぬいで頭巾哉
し　新蕎麥や長田が宵の馳走ぶり
ゑ　選ばれて夜番涼しや源三位
ひ　秀衡が子供恨めし魂祭
も　盛久は平家譜代の年男
せ　仙氣とは佐野の源左がふすま哉
す　數萬騎や賴朝公の惠比須講

漂はす。「六彌太」「瑠璃頬赤」「薙刀」「能登殿」「朝夷名」「實盛」等等、伊呂波の制約や前提など抜きにして、佳吟たり得てゐる。

英語圏にも伊呂波歌に相當するアルファベット文が傳はつてゐるとか。もつとも〈x〉には匙を投げた様子ながら、左のはよく出來た一例だらう。

A boy called Dick, ever fighting, got hands-cuffed in jail, kicking lustily, minding nobody. Oh pray, quit rebellion! Surely, to use violence won't xtricate you, Zachary.

四、回文

三字以上の文字の連續が順・逆同一になる時、回文と呼び、古來これの組合せを愛好する向は多い。コマーシャル・メッセージにまで、漢字三字よりなる單純な回文を强調するものまで現れてゐるが、最少十字以上の、高度な技術を要する回文マニヤ等から見れば、恐らく回文の面汚しとして慨歎に堪へぬところであらう。

二字の場合は、假名にしろ漢字にせよ、同字重複以外考へられず、回文の範疇に入れることすらためらはれ、冒頭・掉尾同字を義務づけられるこの文字遊戲では、三字、四字組合せにしても、一目で構造が見え透いて、これらまた興味の對象外となる。

二字＝パパ・ママ・ちち・はは・年年・歲歲
三字＝トマト・ろくろ・みなみ・馬車馬・日曜日
四字以上＝きつつき・しんぶんし

名詞としては五音程度に止まり、それを越えるものは當然「の」で繫ぐか、短いセンテンスを成すものに變つて行く。擬・藤原基俊著『悦目抄』には「しらとりとらし／むかばきはかむ／すみのまのみす／こねこのこねこ／ししのこのしし」等が列記してあるが、さしたる工夫も認められず感興も湧かない。尤もこの著には本邦最古と思はれる回文和歌も紹介してゐる。

むら草《くさ》に草《くさ》の名《な》はもし備《そな》はらばなぞしも花《はな》の咲《さ》くに咲《さ》くらむ　小輪尼

惜《を》しめどもつひにいつもと行《ゆ》く春《はる》は悔《く》ゆともつひにいつもとめじを　同

百首歌の春に混つてゐたら多分回文の趣向など氣づかず、地歌《ぢうた》として抵抗もなく讀み過すことだらう。いささかも引つかかるところのないことは、この種の歌では稀少價値に屬する。

新古今時代に入ると似繪《にせゑ》の名手であり、また六百番歌合の作者の一人として知られる藤原隆信や、藤原家隆の子隆祐の家集に堂堂と回文歌が收められてゐる。

白波《しらなみ》の高《たか》き音《おと》すら長濱《ながはま》はかならず遠《とほ》き潟《かた》のみならじ　藤原隆信

茂《しげ》る葉《は》もかざして石間《いはま》闇《やみ》くだく深山《みやま》は凍《い》てし坂《さか》も遙《はる》けし　同

ながき夜《よ》の野《の》も遙《はる》かにて杣暗《そまくら》くまそてにかるはものの良《よ》きかな　同

はらあける船なるたなは魚《いを》とると老いはなたるな眠《ねぶ》るけあらば　同

品玉《しなだま》もをかしな舞《ま》ひも待《ま》て暫《しば》し手間《てま》も暇無《ひまな》しかをもまた無《な》し　同

熊野の社に奉る百首の歌の中に廻文歌

「海上眺望」

なか遠《とほ》き方《かた》は南《みなみ》のすごき崎越《さきこ》すのみ波《なみ》は高《たか》き音《おと》かな　藤原隆祐

十禪寺に奉る百首の上置長歌みもじにあたりて侍る廻文

御垣《みかき》より翳《かざ》す枝《えだ》には木《き》の花《はな》は軒端《のきば》に絶《た》えず盛《さか》りよき神《かみ》　同

相傳して知り侍りしかば備後の吉備津彦宮に奉りし百首の中に同じく廻文歌ふ

日頃《ひごろ》よのともしきすみか望《のぞ》むらむそのかみ過《す》ぎしもとのよろこび　同

兩者共に必ずしもこの時代の代表歌人とは言ひがたく、新古今、新勅撰にも秀歌、絶唱のたぐひは見當らないが、ここに見る廻文歌は幸に他の作の水準に達してゐる。假名遣ひはこの時代「お＝を」が現在の逆の場合もあり、この歌など「ほ＝お＝を」も許容してゐるやうだから、潔癖にチェックすれば疵は多い。

時代が下るにつれて、物名歌同様廻文歌も次第に巧緻になつて行く。また連歌全盛につれて廻文俳諧、すなはち發句・脇それぞれ順逆同音の作も生れて來る。江戸狂歌の鼻祖と稱される石田未得は、慶安二年（一六四九）上梓の家集『吾吟我集』七百首の中に回文歌を含め、また廻文俳諧百韻を興行した。

和歌

白雪《しらゆき》は今朝《けさ》野良草《のらくさ》の葉《は》にもつも庭《には》の櫻《さくら》の咲《さ》けば消《き》ゆらし　春
湊川《みなとがは》とま覗《のぞ》きつつ廻《まは》りけり濱《はま》つづきその窓《まど》は門《かど》なみ　雑
白髪《しろかみ》は毎日《まいにち》見《み》るぞ憂《う》かるなるかうそる道《みち》に今《いま》は身《み》輕《かろ》し　述懐
また飛《と》びぬ女《め》と男《を》とあはれ主《ぬし》知らじ死《し》ぬれば跡《あと》をとめぬ人魂《ひとだま》　哀傷
冬《ふゆ》らしき景色《けしき》おもしろ岩《いは》の木《き》の葉《は》色霜《いろしも》おき繁《しげ》き白木綿《しらゆふ》

連句

眺《なが》めしは野菊《のぎく》の莖《くき》の始《はじ》めかな／咲《さ》く花《はな》は咲《さ》く草花《くさはな》は草《くさ》
知《し》らぬげに案山子《かかし》に鹿《しか》が逃《に》げぬらし／弓張《ゆみは》り取《と》らむ群鳥《むらどり》は見《み》ゆ
悋氣《りんき》言《い》ひ腹立《はらた》てたらば贔屓《ひいき》無理《むり》／聞《き》くにぞ憎《にく》き聞《き》くにぞ憎《にく》き
詠《よ》みは置《お》く歌道《かだう》の歌《うた》か句《く》をば見《み》よ／歴々《れきれき》の詩《し》も文字《もじ》の裂々《きれぎれ》
しつくりと御家《おいへ》の塀《へい》を取《と》り崩《くづ》し／大工《だいく》繕《つくろ》ひ廣《ひろ》く造《つく》いた

十三世紀迄の試作から見れば超絶技巧に類する。殊に哀傷歌の「人魂」など、嚴しい制約を擦り抜けて、まさに中有に遊ぶ感あり、感歎に値する。俳諧の「歌道」の諷刺もなかなかの辛辣さ、これまた回文を全く感じさせない。今一度十四世紀から十九世紀に亙る廻文和歌を見渡して、その一端を記さう。

とくただし里《さと》のたかむら雪白《ゆきしろ》し消《き》ゆらむ方《かた》のとざし叩《たた》くと　頓阿

雉子《きじ》料《れう》る今《いま》や君《きみ》のみその友《とも》と望《のぞ》みの御酒《みき》やまゐるうれしき　半井卜養《なからゐぼくやう》

なが妻《つま》を汀《みぎは》に高《たか》し一《ひと》つ松《まつ》訪ひし方《かた》には君《きみ》を待《ま》つかな　富士谷御杖

眺《なが》むらむ門《かど》を訪《と》ひなば草《くさ》に木《き》に咲《さ》く花人《はなひと》を咎《とが》むらむかな　本居春庭

白雪《しらゆき》はなへつつめども小野山《をのやま》や野《の》を求めつつへなば消《き》ゆらし　賀茂季鷹

のどけきにつまをりかさの名《な》ばかりか花《はな》の盛《さか》りをまつに聞《き》けとの　三友亭なかゐる

もとすへをなしには樵《こ》るを和歌《わか》の意《い》をかわる言葉《ことば》に品《しな》を得《え》ずとも　同

ながいきをきよくかわしよ同《おな》じ年《とし》なをよし若《わか》くよき起居《おきゐ》かな　同

櫻木《さくらぎ》のもとにみなはや今朝《けさ》も來《く》も酒《さけ》や花見《はなみ》に友《とも》の氣樂《きらく》さ　大福窓笑壽

宿《やど》る露玉《つゆたま》は軒端《のきば》の葉《は》に繁《しげ》し庭《には》の萩《はぎ》の葉《は》またゆづるとや　同

知《し》らぬ身《み》がつい思《おも》ひ出《だ》し口説《くど》き泣《な》き解《と》く下紐《したひも》をいつか見《み》ぬらし　同

悔《く》ゆべきにいつも見《み》ぬらし人《ひと》の世《よ》の問《と》ひ知《し》らぬ身《み》もついに消《き》へ行《ゆ》く　同

日頃《ひごろ》よい長《なが》くよき春今《はるいま》伊勢《いせ》い參《まゐ》るは清《きよ》く家内《かない》よろこび　同

卜養は十七世紀末の上手で、この雉子の歌は、某日寵童同伴招待に應じて他家に赴いたところ、馳走が雉子の料理、すなはち少年は「雉子《きじ》の片股《かたもも》、鷹《たか》の食《じき》」と口遊んだ。即妙の回文句に主人感激、卜養に一首を所望したところ、間髪を入れずこの一首を披露したとの逸話が殘る。御杖の松の歌は「寄松戀」の題の即詠と傳へる。いづれも制約が更に加はつた時、卻つてより精彩を發揮してゐるところが珍しく、二首共に回文和歌史に不滅の秀作と考へてよからう。なかまるや笑壽はその名にも明らかな狂歌作者、從つて歌そのものの格調風韻には缺ける。ただ戀歌「知らぬ身」一首に限つては、「閑吟集」中の小歌の味があり捨てがたい。

もともと回文は技法の遊戲、狂歌狂句と最も濃い血縁關係を結ぶのは當然の成行であつた。いろは歌と並行して頓智機智を誇る才人達が、ここぞ腕の見せどころと競つて試みたのは想像に餘る。そして文學性、詩的價値とは無緣な月並で滑稽な作も混る。尤も純粹に發句の風趣を一途に守つて來た作者も少くはなかつた。

魚の歌合　回文連歌表八句

長《なが》き名《な》やたまのせのまた柳《やなぎ》かな　長々《ながなが》し鱧之丞《はものじやう》
消《き》ゆるなかとの長閑《のどか》なる雪《ゆき》　唐衣鱚子《からごろもきすご》
照《て》れば皆《みな》春日《はるび》の晝《ひる》は皆《みな》晴《は》れて　烏《い》賊《か》甲《のかふ》右《う》衞門《ゑもん》
月《つき》人《ひと》男《をとこ》事《こと》を訪《と》ひ來《き》つ　公事沙汰鯖之助《くじさたさばのすけ》
北《きた》風《かぜ》や草《くさ》花《はな》は咲《さ》くやせかたき　鯒玉之助《こちたまのすけ》
宿《やど》元《もと》惜《を》しむ蟲《むし》を友《とも》とや　鰆《さはら》びやしの助《すけ》
見《み》馴《な》れなば群《むら》鳥《とり》取《と》らむ放《はな》れ浪《なみ》　はなだれの垂助《たれすけ》
茂《しげ》る葉《は》の間《ま》や山《やま》の遙《はる》けし　春鮫降《はるさめふ》りん坊《ばう》

俳諧廻文帖百韻　素更

折《を》るな枝《えだ》うぐひす低《ひく》う妙《たへ》なるを
梅《むめ》咲《さ》くなかは和《わ》歌《か》慰《なぐさ》めむ
出《で》しか雛《ひな》小《を》隅《すみ》の御《み》簾《す》を靡《なび》かして
長《なが》き續《つづ》きの軒《のき》續《つづ》きかな

月《つき》の下《もと》野《の》もよき四《よ》方《も》と友《とも》の來《き》つ
くつろいだ間《ま》や山《やま》田《だ》色《いろ》づく

じつ辛《つら》し咲《さ》いて果《は》ていざ白《しら》躑《つつ》躅《じ》　『毛吹草』

まるく咲《さ》かば名《な》こそそこなは風《かざ》車《ぐるま》　同

なる時《とき》も棗《なつめ》にめづな捥《も》ぎ取《と》るな　立圃

眺《なが》めしは野《の》菜《な》花《はな》花《はな》の始《はじ》めかな　同

闇《やみ》のみが見《み》よき月《つき》讀《よみ》神《かみ》の宮《みや》　同

今《け》朝《さ》たんと飲《の》めや菖《あや》蒲《め》の富《とん》田《だ》酒《ざけ》　其角

元《もと》の名《な》は弓《ゆみ》取《とり》と見《み》ゆ花《はな》の友《とも》　美成

田《た》は月《つき》か野《の》邊《べ》は澤《さは》邊《べ》のかきつばた　重政

菜《な》か薺《なづな》引《ひ》くをなほ食《く》ひ薺《なづな》かな　道節

長《なが》座《ざ》敷《しき》今《け》朝《さ》過《すご》す酒《さけ》雉《き》子《じ》肴《さかな》　同

牀《とこ》のべよ何《なん》だえ旦《だん》那《な》昨《よ》夜《べ》の事《こと》　松老

姑《しうと》へも手《て》出《だ》しをしたで燃《も》え通《とう》し　半醉

寝《ね》たひまを私《わたし》をしたはお前《まひ》だね　〆太

今《け》朝《さ》の酒葛物《さけくずもの》もずく柚《ゆ》子《づ》の露後《つゆのち》は皿《さ》鉢《ばち》の燒物《やきもの》も來《き》や　先代庵

玉石混淆、百鬼夜行の體《てい》であるが、中では素更の梅に鶯など出色の方だらう。「毛吹草」より拔いた句は「可宜句體之品々」と注して擧げられた例である。「白躑躅」など惜しむべき佳品と思はれるが、「じつ辛し」の不熟は救はれがたい。「牀のべよ」以下三句は、所謂破禮句《ばれく》で、この系統の、エロティシズムを狙つたものや世相諷刺をひそめた作は、現代でも回文の主流を成してゐる。舌足らずな構文を餘儀なくされるところに、逆に警句的效果も生れるのだらう。

先代庵の酒肴回文は一首の五句、五・七・五・七・七がそれぞれ回文になつてゐるといふ凝りやうで、この種の趣向では拔群の作と言へよう。この人、麴屋勘左衞門は仙臺の住人、藩主伊達公にまでその名を知られ、仙臺庵の號を賜つたが、恐縮至極とて文字遣ひを變へた。廻文集「宮道記《きうたうき》」なる回文題の著もあり、人に所望の品を尋ねられ、「願《ねが》はくは金《かね》、願《ねが》はくは金《かね》」と回文で答へたとの挿話も傳はる。

最も人口に膾炙した回文和歌は初夢夢占吉夢祈願の「長《なが》き夜《よ》のとをの眠《ねぶ》りの皆目覺《みなめざ》め波乗舟《なみのりふね》の音《おと》の佳《よ》きかな」なる讀人不知歌であらうが、作られたのは相當古いやうだ。川柳にも「寶船逆櫓にしても同じ歌」があり、明侯繼高の「全淅兵制附錄」中、「日本風土記」には琴歌譜の中に數へ、「此譜倒順讀之、字義意理相同、故曰廻文」と注してゐる。意譯して「十人共舟　夜長困倦　浪裏舟行　各皆醉看」と歌ふ。

回文文章は韻文にしろ散文にしろ、制約による吃音片言調がそのまま露骨に亂れとなつて出て來るので、作例は甚だ少い。左はその稀少例の一つである。

而《しか》うして後《のち》いさ知《し》らぬは牀花同然《とこはなどうぜん》にもてなし、詩《し》俳諧晴《はいかいはれ》ならむやとひとり吟《ぎん》じて神祇理《じんぎり》と人《ひと》や村《むら》なれ。俳諧端品《はいかいはししな》ても人情《にんぜう》と名《な》はことはらぬらし。才智《さいち》の弟子《でし》ふかし。

『回文貝盡』跋

身《み》の愚老《ぐらう》いて句合《くがふ》なれば村家流布《むらやるふ》でそので詠《なが》め遼《とほ》き世《よ》の感吟《かんぎん》の其角夫子《きかくふうし》の句《く》佳《よ》き端午雅友《たんごがいう》ぞ　角力《すもふ》の會《あ》をなす羽《は》の銹《さび》し蝶《てふ》も飛《と》ぶ繪《ゑ》の書《しよ》の名《な》は華見《はなみ》の集《しう》　異《い》に車《くるま》の輪《わ》のごとくとや　篤《とく》と此輪《このわ》の丸《まる》くに有志《いうし》の御《み》名《な》は花《はな》の吉野《よしの》え不圖詣《ふともふ》てし膝伸《ひざのば》す　猶衣《なほえ》の部裳羽衣《ぶもすそうい》か　此度曲《こんだきよく》の衆服《しうふく》か　妓《き》の向無我《むきむが》の善《よ》き乙女《をとめ》かなでの袖振《そでふる》やらむ　はれな舞樂《ぶがく》て遊樂《いうらく》のみ

『廻文俳諧華見集』跋

いづれも舌を噛みさうな支離滅裂の文字の彼方に、漠然と意味が浮んで來る程度と言ふ他はない。作者はむしろこの跋文の方に登載作品制作以上の彫琢を迫られ、苦心慘澹の體であつたらう。何人《なんびと》であれ、試みに散文體で二百字近い一文を以て回文を作つてみるがよい。この半ばの趣も盡さず、全くコンテキストを成さぬまま投出さざるを得ないだらう。

漢文回文は漢字一字單位で順逆をたどるから、發音の音《おん》と假名表記の表現一體を成す日本語による回文より、餘程易く、文體は完璧を期し得る。支那の「回文類聚」には、璇璣圖、連珠、玉連環、菩薩蠻等、絢爛たる名稱によつて類別され、それぞれに粋を盡してゐる。

鹽飛亂蝶舞　花落飄粉奩　奩粉飄落花　舞蝶亂飛鹽　傳・梁簡文帝作
馬趁香微路　遠沙籠月淡　煙斜渡波清　徹暎妍華倒　綠枝寒鳳桂　桂鳳寒枝綠　倒華妍映徹
清波渡斜煙　淡月籠沙遠　路微香趁馬　「詠梅」　蘇軾
過雨輕風弄　柳湖東暎日　春烟晴蕪平　水遠連天隱　隱飛翻舞燕　燕舞翻飛隱　隱天連遠水
平蕪晴烟春　日暎東湖柳　弄風輕雨過　「泛湖」　梅窓
落花閑院春衫薄　薄衫春院閑花落　遲日恨依依　依依恨日遲　梦回鶯舌弄　弄舌鶯回梦　郵便問
人羞　羞人問便郵　〈菩薩蠻〉　蘇軾
暮江寒碧縈長路　路長縈碧寒江暮　花塢夕陽斜　斜陽夕塢花　客愁無勝集　集勝無愁客　醒
似醉多情　情多醉似醒　〈同右〉　朱喜

蘇軾卽東坡は十二世紀初頭、朱喜は十三世紀初頭の詩人であり、本邦ならさしづめ、源俊賴や藤原良經が同時代人として浮んで來る。漢詩の完璧な回文法を眺めつつ思ふのは、俊賴、良經のみならず、この時代の日本の宮廷歌人は賦詩《ふし》作文《さくもん》に關してなら、本國の詩人にをさをさ劣らぬ知識技倆を備へてゐたのだから、回文詩など作らうと思へばいくらも作れたらうと言ふことだ。彼らの誰にしろ、和文回文より漢詩回文の方が遙かに易いことを力說したことと思はれる。なほ「菩薩蠻」は女蠻國の佛菩薩髣髴たる奇異の風體であることから、かく名づけられたと傳へ、既に八世紀中葉、李白の詩集にこの標題を見るが、彼の作は回文形式に則ってはゐない。

回文とは由來必ずしも順逆同一とのみ定義するものではない。逆も亦意味を成すことであり、これも古くから種種試みられてゐた。回文作者は當然順逆異文の達人であるはずだが、秀作例には乏しい。

歳旦歳暮兩節回文　　三友亭なかまる

表　氣《け》はすすみたたはる下馬《げば》や沓持《くつもち》もやはり白丁《はくてう》布衣《ほい》供《とも》の今朝《けさ》
裏　酒飲《さけの》もと祝《いは》うてくばりはや餅《もち》も搗《つ》くやはけるは疊煤掃《たたみすすは》け
表　春《はる》はおも和歌《わか》の師《し》訪《と》ふや歳旦《さいたん》の今朝《けさ》年玉《としだま》も匂良《にほひよ》き花《はな》
裏　なはき宵鬼《よひおに》も待《ま》たじと酒飲《さけの》んだいざやふ年《とし》の川《かは》も終《をは》るは
表　わかやきに今朝《けさ》年玉《としだま》もつい遣《や》るはいつも訪《と》ひ來《こ》よお名《な》にをのしと
裏　年《とし》のをになおよこひともつい春《はる》やいつも待《ま》たじと酒《さけ》にきやかわ

戀返し無常　　大福窓笑壽

表　下紐《したひも》を解《と》ひてはらすはとくはとぞつたひしなかにいつや見《み》るべき
裏　きべるみや終《つひ》に悲《かな》し日立《ひた》つ卒塔婆《そとば》くと煩《わづら》はで人思《ひとおも》ひたし

表婚禮裏聟入

表　老長《おいなが》ふすむのはとこといよはれな婚禮《こんれい》至極《しごく》良《よ》きは夜《よ》の更《ふ》け
裏　今日《けふ》の夜《よ》は清《きよ》く輿入聟《こしいれむこ》なればよいとことはの結《むす》ぶなかひを

いづれも讀みたどるのもむづかしい中途半端な歌で、これでは失望の他はない。巷間に傳はる「伊丹の酒」の裏が「今朝飲みたい」、併せて一行の回文といふ例の方が遙かに氣がきいてゐよう。この回文もかつて雜誌等が度度懸賞募集したこともあるやうだ。私は朧な記憶で作者名も逸したが、左の一句を愛誦してゐる。

表　永《なが》き幸《さち》遺《のこ》る形《かた》見《み》の父《ちち》の集《しう》
裏　牛《うし》の乳《ちち》飲《の》みたがる子《こ》の小《ち》さきかな

この素樸清楚な抒情句の傑作、ただ一つ殘念なことは「集＝しふ」の正しい假名遣ひを「しう」にこぢつけざるを得なかつたことだ。懸賞は絶えて聞かないが、戰後三十年隱れた回文愛好者はその數少からず、秀作も多多生れてゐる模樣である。昭和五十年頃であつたか、「話の特集」誌上で、數箇月に亙り、現代回文への招待記事が載せられ、機智縱横の警句、箴言、破禮句、コント風短詩を愛讀した記憶がある。私自身の手許にも、このやうな在野の智慧者から、遇然寄せられた試作があり、ここに一端を紹介しておかう。

位相空門　　　　西原若菜

神寂《かんさ》びた「猫《たま》」指揮《しき》睨《にら》む皆歌《みなうた》う波村《なみむら》に來《き》しまたたび讃歌《さんか》
切《き》りたい紳士《しんし》訪《と》ひキスやはた切《き》つて突《つ》きたはやすき人信《ひとしん》じゐたりき
參《まゐ》りたり墓《はか》は餘暇《よか》にて語《かた》るなる誰《た》が手《て》にか世《よ》は變《かは》りたり今《いま》
境内《けいだい》の多《おほ》きよ冬《ふゆ》の旅一日《たびひとひ》飛驒《ひだ》の夕《ゆふ》よき王《おお》のイダイケ
捨《す》てし妻死《つまし》ぬるか鴛鴦《をし》の羽《は》の白《しろ》しノアの詩《し》を借《か》る主待《ぬしま》つ死《し》です
不《ふ》毛止《もおと》め酒場《バア》は地《ち》の底照《そこて》れ果《は》ててわれてこそ後《のち》は逢《あ》はめと思《おも》ふ

＊
＊＊

菜《な》摘《つ》ます子《こ》安《やす》子《こ》は來《こ》ずや來《こ》ず待《ま》つな
朝《あさ》狩《がり》に出《い》でう行《こう》程《てい》二《に》里《り》かさあ
巨《こ》勢《せ》山《やま》の椿《つばき》は奇《き》抜《ばつ》飲《の》まや背《せ》子《こ》
やすみしし大《おお》君《きみ》氣《き》負《お》ふ《お》獅《し》子《し》見《み》ずや
羅《ら》は見《み》好《よ》き退《の》かず明《あ》日《す》香《か》の淨《きよ》見《み》原《はら》
夢《む》魔《ま》色《しき》魔《ま》病《やまい》は今《いま》やマキシマム
魅《み》すべしとマリオ通《とお》り魔《ま》都《と》市《し》へ住《す》み
テスト氏《し》は威《ゐ》勢《せい》名《めい》聲《せい》恥《はじ》と捨《す》て
三《さん》人《にん》は棧《さ》敷《じき》の吉《きち》三《ざ》犯《はん》人《にん》さ
紫《むらさき》の神《しん》經《けい》源《げん》氏《じ》退《の》き去《さ》らむ

アルファベット横綴りの順逆同一を樂しむ方が、日本人にはむしろ、漢詩回文より親近感があらう。英語回文の傑作は、左の一例に極まる感あり、そのまことしやかな、しかも有り得る噓は爽やかな哄笑を誘ふ。

ナポレオン、イングランド侵略について、自信の有無を質された時、答へて曰く。

「"Able was I ere I saw Elba"＝余、エルバ島を見るまで不可能の文字を知らざりき」

- Elle, Reliefpeiler, Neger-regen. Gras-sarg.
- Otto tenet mappam, madidam mappam tenet otto.
- **Roma tibi subito motbus ibit amor.**

・Dog as a devil deified. Deified lived as a god.
・Lewd did I live, evil did I dwel.
・Madam, I'm Adam.
・L'âme des uns imais n'use de mal.
・Niyon ano-mhmata mhmonan oyin.
・Signate, signa, temere me tangis et angis.

ラテン語、ドイツ語、英語、フランス語、ギリシャ語ととりどりであるが、冒頭の二句は一語一語が回文を成し、その集合の句も勿論同じといふ完璧性を誇る。順逆同一と順逆異語は英語でも數多あり、辞書を虱潰しにチェックするのも、たまには愉しからう。

bib〈涎掛〉bob〈鉛の浮子《うき》〉eve〈祭日宵宮〉
ewe〈牝羊〉eye〈目〉gag〈猿轡〉nun〈尼〉
deed〈功績〉noon〈正午〉level〈水準〉
are〈百平方米〉＝era〈紀元〉
bag〈袋〉＝gab〈無駄話〉
bin〈穀物入〉＝nib〈嘴〉
dog〈犬〉＝god〈神〉
doom〈運命〉＝mood〈機嫌〉
drawer〈手形振出人〉＝reward〈報酬〉
dray〈重荷荷車〉＝yard〈庭〉

keel〈龍骨〉＝leek〈韮〉
flow〈流れる〉＝wolf〈狼〉
loop〈環〉＝pool〈瀞〉
lever〈梃〉＝revel〈酒宴〉
leper〈癩者〉＝repel〈驅逐する〉

古來ROMA《ローマ》とは倒錯したAMOR《アモール》〈愛〉の都、犬《ドッグ》が逆立ちすれば神《ゴッド》になるとは、知られた警句であつた。
なほ、Palindrome なる語も、順逆共に意味を成す語と定義され、同一を謳つてはゐない。

T I C E F S P E C N C E P S F E C I T
I C E F S P E C N I N C E P S F E C I
C E F S P E C N I R I N C E P S F E C
E F S P E C N I R P R I N C E P S F E
F S P E C N I R P O P R I N C E P S F
S P E C N I R P O L O P R I N C E P S
P E C N I R P O L I L O P R I N C E P
E C N I R P O L I S I L O P R I N C E
P E C N I R P O L I L O P R I N C E P
S P E C N I R P O L O P R I N C E P S
F S P E C N I R P O P R I N C E P S F
E F S P E C N I R P R I N C E P S F E
C E F S P E C N I R I N C E P S F E C
I C E F S P E C N I N C E P S F E C I
T I C E F S P E C N C E P S F E C I T

回文集合による一種の八重襷的文字謎と言はうか。スペインのオヴィエド市にある、サンサルヴァドール寺院入口の塋域の碑に刻まれた銘と聞く。紀元七七四年即位のシロ王の墓で、碑文はラテン語、上下、下上、左右、右左、いづれへたどつても同文、中央のSから讀み始めると二百七十種の回讀法ありと傳へる。

五、折句七変化

伊勢物語第九段、三河の國八橋の件《くだり》「その澤にかきつばたおもしろく咲きたり。それを見て、ある人のいはく、『かきつばたといふ五文字を句の上にすゑて、旅の心をよめ』といひければ、よめる。『から衣きつゝなれにしつましあればはるばるきぬる旅をしぞ思ふ』とよめりければ、皆人、乾飯のうへに涙おとしてほとびけり」は折句の典型、古歌の傑作として、まづ第一に引用される慣ひであつた。「いろは歌」を越える四十七文字歌が絶無である現象と、やや趣は異にするが、この「かきつばた」折句の結構のゆかしさは比類がない。

初句の「唐衣」は第二句の冒頭字「著《き》」を導き出す枕詞であり、初句、第二句に誘はれていとも自然に、この歌のテーマである「つま＝妻＝褄」が現れる仕組になつてゐる。しかも第二句の「なれ＝褻《な》れ」も第四句の「はるばる＝張々」も皆初句「唐衣」と縁語關係を結ぶ。すなはち歌の表は第三句以下も「褄しあれば 張々著ぬる」と衣服にかかはりつつ、裏では纏綿たる妻戀、あるいは「寄衣戀」を歌ふ。後世六百番歌合にこの題を設け、「戀ひ初めし思ひの妻の色ぞそれ身にしむ春の花の衣手　定家」「夢路まで憂き身のほどはさ夜衣かへすもなほや人知れぬ戀　寂蓮」「戀衣いつか干るべき河社しるしも波にいとどしほれて　顯昭」等、當代の名人、碩學が鎬を削り、しかも一應何の制限拘束もないのに、一首として「かきつばた」に及ぶ作はない。定家など凡手家房に負けてをり、勝歌自體水準以下、女房良經も「うちとけて誰に衣を重ぬらんまろがまろ寝も夜深きものを」なる怪作を示し、方人は勿論判者俊成まで辟易させる。彼も亦珍しく鈍才經家に負けてしまふといふ番狂はせであつた。鎖や桎梏の中で、より自在に羽搏いてみせるのが古來定型詩人の特性の一つと思しい。

折句も俳諧歌や物名歌同様、敕撰集の中に間歇的、散發的に登載を見る。ほとんどは「雜體」なる部類の中に、またあるものは物名の部立に便乘させてをり、第二義的な取扱ひながら全く無視されたわけではない。

・古今集　物名中の折句

朱雀院の女郎花合の時に「をみなへし」と云ふ五文字を句のかしらに置きてよめる

小倉山峯立ちならし鳴く鹿の經にけむ秋を知る人ぞなき　紀貫之

「は」を始め「る」を果てにて「ながめ」をかけて時の歌よめと人のいひければよめる

花の中目に飽くやとて分け行けば心ぞともに散りぬべらなる　僧王聖寶

・千載集　雜部物名中の折句

二條院の御時「こいたじき」といふ五文字を句の上におきて旅の心を

駒なべていざ見にゆかむ立田川白波寄する岸のあたりを

「なもあみだ」の五字をかみにおきて旅の心をよめる

何となくものぞかなしき秋風の身にしむ夜半の旅の寝覺は　仁上法師

・新敕撰集　雜部物名中の折句

堀河院の御時藏人頭にて殿上に侍ひける朝出させ給ひて

「こいたじき」「ときのふだ」を沓冠《くつかうぶり》によめと仰せ言侍り
つれば仕うまつりける

こし袂いとどひがたき旅の夜の白露はらふ木々のこの木　藤原俊忠

この里はいはねどしるき谷水のしづくもにほふ菊の下枝　橘廣房

庚申の夜「あやめぐさ」を折句によみ侍りける

あな戀し八重の潮路に目も合はず暮るる夜な夜な騒ぐ心か　二條太皇太后大貳

春の始めに定家に會ひて侍りけるついでに僧王聖寶「は」
を始め「る」を果てに「ながめ」をかけて、春の歌よみて
侍る由を語り侍ればその心をよまむと申してよみ侍りける

初子の日摘める若菜か珍しと野邊の小松に倣《なら》へてぞ見る　大僧正親嚴

・玉葉集　雑歌中の折句

折句の歌よみ侍りけるに「ひえのみや」

ひとごとにえてうれしきは法の花みよの佛のやどのものとて　前大僧正慈鎭

「もみぢばを」といふ五文字を句のかしらにおきてよめる

もる山の峰の紅葉も散りにけりはかなき色の惜しくもあるかな　紀貫之

・續千載集

伏見院みこのみやと申し侍りける時わづらふ事ありて久し
く參らざりけるに、御製を給はせたりける御返事に「戀し
さは誰もさぞ」といふ事を句の上下におきて

これもまた一枝殘れしをれても咲ける久しさ花のかたみぞ　　西園寺實兼

龜山院の御時、「小屛風、硯箱」を折句沓冠に置きてよめと仰せごとありければ、仕りける

駒渡す一瀨も見えずやへこほり上波なきは深きみなぞこ　　前大納言爲氏

「藤袴、女郎花」といふことをよみ侍りける

多枯を千草押しなみはてはみな風に雪さへまたつもるらし　　同

隆信朝臣まうで來むと申しける日を忘れてもやあらむとて、「言ひし日を違ふなよ」といふことを沓冠におきてよみ遣はしける

いかにまたひとり明かすか忍ぶてふ人はつらしな思ひこりねよ　　藤原兼實

・新千載集　雜體の中の折句

「いはやなぎ」を句の上に置きてよめと人の云ひければ

今はただ花の跡なき山風になにぞは雲の消えのこるらむ　　新陽明門院兵衞佐

「君を久しく守れ」と云ふ事を句の上下《かみしも》に置きて

來にけらし見てしも見まく思ふ山聖の跡もさこそ住みけれ　　前大僧正慈鎭

・新拾遺集　雜歌中の折句

藤原仲實朝臣の許に牛を借り遣はしける時萩の枝につけて

恨むとは知らでや鹿のしきりには秋のはひえを柵にする　　源俊頼

恨めしと鹿をな言ひそ萩が枝も苅藻にしつつ過すとぞ見る　　（返し）藤原仲實

春の暮に友達へ「などや久しく訪はぬ」と云ふ事を折句の
沓冠に置きて
なほ散れと山風通ひ誘ふらし雲は殘れど花ぞとまらぬ　讀人しらず
千五百番歌合を折句にて判ぜさせ給うけるに、「同じほど」
岡のべのならの落葉に時雨降りほのぼの出づる遠山の月　後鳥羽院
「さつきやみ」と云ふ事を
笹の葉の露はしばしも消殘るやよやはかなき身をいかにせむ　源俊頼

・新續古今和歌集　雜歌中の折句
「十三夜」といふ事をよませ給うける
志賀の波やうらわの月の冱ゆる夜に昔戀ふらし山の秋風　後鳥羽院
「墨流し」
杉立てる三輪の山もと名をとめて插頭《かざし》折りけむしるべをぞ問ふ　按察使資平
「こいたじき、ときのふだ」
來ぬ夜はといかがはつらき高砂の鹿の妻訪ふ霧の遠方　同

重出するものは除いたが、以上が二十一代集に採られた折句の全貌である。秀歌と呼べるやうな作は一首もない。沓冠折句はやや技巧の苦行を強ひられるが、冠折句などさしたる難事ではない。秀歌に乏しいのは、もともと構へて作る氣がないからであらう。當意即妙の挨拶が才の見せどころ、新拾遺、俊頼の牛借歌「牛しばし」に仲實が「牛は貸す」と歌ひ返すあたりが、贈答折句の面目であらう。だが取りたてて言ふほどのこともない。

それよりも一例を紹介された千五百番歌合、後鳥羽院折句判詞は特筆に價しよう。歌合主催者たる院の判擔當範圍は「秋二」の六百一番から「秋三」の七百五十番まで百五十番であつた。新拾遺に選ばれたのは六百九十四番、藤原公繼《きんつぐ》と源通光《みちてる》の番《つがひ》、いづれも露を主題とした歌であるが、二人ながら左右各十五人の中では凡手に屬し、判の「同じ程＝持《ぢ》」も凡と凡の劣等均衡、折句判詞の方がいささかは見映がする。後鳥羽この頃二十三、四歳、天馬空を行くかの才を文武兩道に發揮し、殊に新古今竟宴を目前に控へた光り輝く一時期であつた。

六百一番　左・女房　右勝通具朝臣

この夕べ風吹きたちぬ白露に争ふ萩を明日やかも見む

夕まぐれ待つ人は來ぬ故郷の本荒の小萩風ぞ訪ふなる

各奉れる百首を番《つが》ひて廿巻の歌合として人々判申すうちに、二巻よしあしを定め申すべきにて侍るに、愚意の及ぶところ勝負ばかりはつくべしとはいへども、難におきてはいかに申すべしとも覺え侍らず。左右のしもに一文字ばかりをつけむは無下《むげ》に念なき様《さま》なるべし。依りて判の詞の所に形のやうに、卅一字を連ねて、其の句の上毎に勝負の字ばかりを定め申すべきなり。

見せばやな君を待つ夜の野邊の露に枯れまく惜しく散る小萩かな

「右の勝」を五句の上に置いてゐるだけではない。番の二首と同素材、同主題で纏めたことに留意すべきであり、これは他の百四十九番にも共通する。

六百九十五番　左持公經卿　右・釋阿

秋を經て幾夜も知らぬ故郷の月はあるじに住みかはりつつ

荒れわたる秋の庭こそあはれなれまして消えなむ露の夕暮

判　身に占めて眺むる頃の宿にしもさもあやにくの鹿の聲かな

「皆優し」すなはち持の判は、この場合生溫い。釋阿俊成八十九歳の、この凄じい「露の夕暮」、凡庸な公經の、何となくつじつま合せたただごと歌とひとしなみに、適當にかたづけてよからうか。天才とはいへ、この邊に二十三歳は二十三歳、甘いものだといふ氣持は拭へない。俊成も苦笑してゐたことだらう。彼はすべてを見盡して、その上翌年他ならぬ院から九十の賀を賜り、翌年の霜月晦日に永眠する。歌を以て「仕へた」彼らとは事變り、後鳥羽院にとつて歌合の判も座興の一つ、一番の勝・負に神經を尖らせ、命を懸けるやうな深刻さは身に遠い。自作卽御製は一切「負」としてゐるのは、判者の禮儀と心得てのことだし、宮内卿に勝の多いのも、贔屓の少女に花を持たせたかつただけの愛想であらう。

折句は冠にしろ沓冠にしろ、言語遊戲としてさほどスリリングなものでも、異常な超絶技巧を要求されるものでもない。慈圓はよほど折句が好きだつたのか、「拾玉集」第五卷あたりには、初句「見せばやな」結句「春の景色を」で十首、同じく「我が思ふ」・「春の景色に」で十首、あるいは結句「初雪の空」ばかりで十首、初句「鷲の山」十首、結句「鷲の山風」十首、第二句「鷲のみ山の」十首等、漢字折句がうるさいほど頻出するし、定家「拾遺愚草」員外にも、あるいは藤原隆信の家集にも似たやうな趣向は見られるが、さして面白いものはない。

傑作と言ひ得るのは定家三代目冷泉爲兼の、流謫の日日に作つた三十三首歌であらう。彼は一二九九年四十五歳で佐渡に配流となり、四年後に赦免されて歸洛、一三一五年にまた捕はれて土佐へ流され、末は河内で七十八歳の生涯を閉ぢる轉變流動の革新歌人だが、佐渡幽囚の折試みた沓冠歌は、その精妙な結構を後の世に語り繼がれてゐる。執念の作と言ふべきだらう。

冠　逢ふことをまたいつかはと木綿襷《ゆふだすき》かけし誓ひを神にまかせて

沓　頼み來し賀茂の川水さてもかく絶えなば神をなほやかこたむ

これを沓冠にした三十一首を併せての三十三首。なほ沓の「頼み來し」一首は、「ふ」で始まる第二首目からの第五句の上にも配置し、結句が獨立して循環的に二重沓冠となるやうに仕組んである。

春五首

あらたまの年も越えぬと逢坂の關さへかけてかすむこのした
ふる雪に昔のあとをたづねてや若菜摘まむとたかまどの尾の
このほどは川音たててうちとくる氷のあとにのこるしらなみ
ときぞとてひらくる梅の花かつら心にかけてみるやわぎもこ
をりて實《げ》に花をも見ずば鶯の鳴くよりほかにこゑや聞かまし

夏五首

まちわびてはつねをぞ聞く時鳥忍ぶるほどはしばしばかりか
たちばなの香をなつかしみ夏衣袖ぞすずしきかぜの吹くにも
いまは早夕立しけりいかばかり露けかるらむもりのしづくの
つの國の蘆間の螢ほのぼのと明けゆく夜半の野にも燃ゆるか
かはの瀬の清き汀にみそぎしてあとより秋のかぜは吹くかは

秋五首

はるかなる朝霧かけて泊らばや夜半の吹井《ふけゐ》のはまに寄るなみ

とまりぶねとま引き棄てて終夜《よもすがら》待ちつる月をみて明かしつつ

ゆふぐれに野原をしなみ鳴く鹿の涙を添へてつゆむすぶくさ

ふるさとの庭の朝顔吹く風に蟲の音音かけてさむきころもで

たれも實《げ》に惜む甲斐なく秋は早止《とま》らで行きし手間の關にも

多五首

すぎの屋にふる音すなき神無月時雨るる空はもろき木の葉か

ききしにもあらぬ嵐のさらさらに音さへ今はかはりてぞ吹く

かきくらし降る白雪のつもるまでなほ山深くもかかれただ

けふもまた狩場の眞柴そよぎつつ霰をさむみたまはここのへ

したへども早暮れ果てて烏羽玉の一夜に年をへだてつるかな

戀五首

ちぎりしも僞《いつはり》ぞとて憂き人を忘れむとすれば馴れしことのは

かくばかり逢ひも思はぬ逢ふことを頼む心の果てはつらきか

ひる間なき恨ぞまさる海士《あま》ごろも濡るる袂にかかるしらなみ

をのづからとふも恨めし人心うかりしままのみぞとおもふを

かずかずに猶も戀しき月日經ば忘れむとのみおもひけるかな

無常一首

みるも憂し消えにし人の思ひより立つや煙のなびくゆふべを

釋敎一首

にしへのみかよふ心を極樂のみちのしるべと**お**もひ知らず**や**

　述懷一首

まつこともなき年月の明け暮れて積れば老と**や**がてなりぬ**か**

　神祇一首

かけまくもかしこき賀茂の葵草かけてぞ祈る**か**みのはふり**こ**

　雜一首

せをはやみ流れて絶えぬ水莖の跡ばかり見ゆ**こ**れぞうたか**た**

　祝一首

てを折りてかぞへ盡さむ萬代を君よりほかに**た**れか知るら**む**

京極を繼ぎつつ、京極に拘《こだは》らず、二條、冷泉を睥睨し、昂然と自流を樹立した歌道の風雲児だけに、一首にこもる述懷の心も人を搏つものがあり、變則沓冠折句の約束を越えて味はふに足る一聯である。勅撰集には見えぬ、人口に膾炙した折句にも、かへつて眞僞さだかならぬ面白さのまつはる秀作が多い。たとへば小野小町の「琴賜へ」の所望の折句に、「琴は無し」の答へを返歌したといふ左の二首、躬恒「女郎花合」の二首其他も心愉しい。殊に似雲のラ行頭韻折句は傑作と言つてよい。

ことの葉も**と**きはなるを**た**のまなむ**ま**つは見よかし**へ**ては散るやと　小野小町

ことの葉は**と**こなつかしみ**は**な折ると**な**べての人に**知**らすなよゆめ　作者未詳

緒を貫きて**見**るよしもがな**な**がらへて**經**ぬやと秋の**し**ら玉の露　凡河内躬恒

折りつれば**見**て秋の日は**な**ぐさめつ**へ**てこの花を**知**らせずもが**な**　同

欄に寄れば**流**水のみか**瑠**璃の池の**蓮**花の光**樓**に輝やく　似雲和尚

「秋の田の梅の匂に葵草尾上の鹿の朝倉の聲」の各句を各首に鏤めて

後櫻町天皇

秋の田の稲葉色づくこのごろは賤が假庵も夜寒なるらし
さかり**梅の匂に**さそはれて知らぬ垣根もたづねてぞ行く
もろびとのかざす二葉の**葵草**その神山のいく代かはらで
ここにいま聞くと知らじな遙なる**尾上の鹿の**妻を訪ふ聲
雪の上や庭火の影もさ夜ふけてかみさびわたる**朝倉の聲**

春日大明神奉納折句

中御門宣胤

春日山**日**ごとに祈る**大**麻を**明**らかに見よ**神**しまもらば

若山靜虎還暦を祝ひて

手柄岡持

若かへと**山**皆笑ふ**靜**けさを**虎**溪の友と**老**を忘れむ

沓折句「杜若」

籬島

たづねし**か**花のむらさ**き**今はさめ**つ**その跡見れ**ば**皆麥のは**た**

沓冠歌を沓字冠字往復して讀みたどり、一首の含む意を讀み取るもの、あるいは逆に暗示して覺らせるもの、課題を即妙に詠みこむもの等、二重沓冠技法の變奏諸相敎へてくれる作も數多殘されてゐる。たとへば榮花物語には村上帝が左の古歌を幾人かに示し返事を求められたところ、廣幡御息所計子が「合薫物《あはせたきもの》少《すこ》し」と解讀してそれを奉り、更に才女の譽を高めたとある。歌は光孝帝の御製であるがこの物語には明らかにされてゐない。

あふさか**もは**ては行き來**のせ**きもゐ**ずた**づねて訪ひ**こき**なば返さ**じ**

清涼殿上の間の入口の「小板敷」は度度折句の韻に取上げられてゐる。これを冠に、殿上の間の「時《とき》の簡《ふだ》」

を沓に用ゐた往復折句は新敕撰、俊忠、廣房の他にもある。

こを思ふといかに悲しきたつ雉子のしもわけ迷ふきその山はた　石川依平

他にも沓冠には考へられる限りのヴァリエーションがあり、問答形式から述懷、花盡し、更には動物まで、さても賑やかなことである。

やま暗したびの雲のまかりがねのらうたにもあるかすみ變はるも　素性法師
はかなしなをののをやまたつくりかねてをだにもきみはてはふれずや　源俊頼
よしやわがふりぬればまたげにぞいとふつきに戀しききみが來まさぬ　頓阿法師
をりふしよもず鳴く秋もふゆ枯れしとほきはしはらもみぢだになし　正徹
ここにきしかかる浮世かたびの身にながき情をたのみてぞ行く　作者不詳
きみしのぶよなよなわけしみち芝のかはらぬ露やたえぬ白たま　藤原行能
まつ照らすつきをさやけみちちぶあがたやまの獵夫《さつを》がまとゐせむかは　楫取魚彦
ふかみとはかに名づけつつみる花かくる人多くさける嬉しさ　本居大平
かきなでねつま求め得すをこにのみふけゆく夜半のしものふるねこ　石川依平

素性の折句は「八咫烏・島の鴨」を時の帝の敕によって詠進したものといふ。俊頼の順訓「花を尋ねて見ばや」は藤原公實宛の誘ひ文、頓阿は細川顯氏家歌會で、披講の終つた時「夜更け月傾きぬ」を沓冠にして歌ふ。正徹は「思ふともよも知らじ」の述懷、「小刀たしかに置く」には一夜の宿を借りた旅僧の、金柄小刀返卻に關る逸話が殘る。行能は「清見潟・富士の山」を、魚彦は「眞乳山・隅田川」を沓冠にした折句を見せ、大平の作は「深見草・廿日草」を綴つてゐる。依平のは一風變つて「鰹節・鼠の子」を含み、その上結句に「猫」を置いた。一方で、言語遊戲のヴェテランの一人似繪師の伊達男隆信は折句でも頻頻と姿を現して樂しませてくれる。

あかでた**だす**ぐるわかな**かの**べて思**へひ**るこそあら**めお**もひこのめ**や**　藤原隆信
ちかきと**こか**くこそありけ**れし**るべせ**よと**なりにとな**りは**し渡るま**ぞ**　同
まきのい**ため**ならふ人**のや**どはい**まか**くれざら**むに**しの渡り**よ**　同
たのめい**まの**べの中み**ちめ**ぐりし**かか**ばかり近**きし**るしばかり**に**　丹後の御
しる人**をし**るとは聞け**どう**すざく**らに**ほひもあら**じは**なの匂**を**　藤原隆信
しかすが**にし**らぬ人な**しう**き雲**もに**たる櫻**のは**なと聞きし**を**　藤原定家
なやみ臥**すこ**の頃訪ひ**こや**つれに**しみ**の藥た**だそ**こにこそ戀**へ**　井上文雄
ちかきや**まま**ぢかきすま**ゐき**きなが**らこ**と問ひもせ**ずは**るは過ぎぬ**る**　松永貞德
ちよ經と**もま**たなほ飽か**でき**きたき**はこ**れや初音**やは**つほととぎ**す**　木下長嘯子

新千載九條兼實の「言ひし日を違ふなよ」に應じて隆信は「明日の日を違へめや」。隆信の擬戀歌折句「近しとはこれよりぞ」「まめやかに頼まむよ」の二首仕立贈歌に對し、丹後の御の答歌は「頼めかしま近きに」であつた。また彼は侍從職當時の定家に「侍從には劣らじを」と言ひ遣り「侍從には似しものを」の返歌を受ける。

文雄の「名古屋味噌少し賜べ」は中島延光に宛てた。貞德の「粽五把參らする」の贈與に、長嘯子は「粽五把持て囃す」と挨拶を返す。この二人の贈答さすがさすが表に現れるところも晩春初夏の爽やかな景色が匂ひたち、折句の醍醐味に舌鼓が打ちたくなる。

六、續・折句七變化

冠折句で最も頻繁に試みられて來たのは「いろは」を載せたもので、これは既述の通りである。各務支考の俳諧による「伊呂波武者」や藤原定家の再度に渡る「いろは」を冠にした鎖歌《くさりうた》は、むしろ語りふるされた感もあるし、頓阿の「高野日記」にも釋教歌ばかりで「いろはの四十八文字」を詠み連ねてをり、島津忠良や義久、齊宣にもそれぞれ作は殘つてゐるが、これらはいづれも道歌紛ひのただごと歌で、一一紹介するに價しない。さすがに和歌では定家の二作が群を拔いてゐる。

彼は「いろは」の冠だけでなく、藤原義孝の「秋はなほゆふまぐれこそただならね荻の上風萩の下露」と、素性法師の「今來むといひしばかりに長月の有明の月を待ちいでつるかな」を試作した。後者は「いろは」文《も》字鎖《じくさり》の翌年、すなはち建久三年九月十三日の夜、これまた主家九條家へ伺候した折、良經の趣向で作らされたもの、前者はその四年後の秋、病臥中に、良經が使者を差し向けての即詠慫慂に應じたらしい。共に書き止めるほどの歌ではないとか、歌とは呼べぬやうな代物だとか、大變な斷りが詞書に含めてある。その周到な豫防線も、作品を見れば勿體振かと邪推したくなるほど秀逸が多い。

簾《れん》寄する雲井の陛《はし》の秋の月こころも高く澄みのぼるかな
蘭省《らんせい》の花の錦をおもかげにいほりかなしき秋のむらさめ

＊

龍膽《りうたん》の花のいろこそ咲きそむれなべての秋は淺茅生《あさぢふ》のすゑ
輪廻《りんね》してたまたまうくる人の世になほ秋の夜の月ぞすくなき
瑠璃《るり》の水錦の林いろいろにこころ浮きたつ秋のやまかぜ

義孝歌三十一首から、素性歌三十二首から、それぞれ「ラ」行音の歌を抄出した。大和言葉には語頭にこの音の來ることはほとんどなく、すべて漢語を以て始めねばならないので、自然これの驅使が腕の見せどころとなる。たとへば「蘭省」の一語にしても、皇后の寢室もしくは宮殿を意味すると同時に、白氏文集十七の「蘭省花時錦帳下」を踏まへてをり、「錦」も「錦帳」すなはち皇帝の座所を匂はせる。この詩句は倭漢朗詠集にも採られて、當時の歌人なら知らぬ人もゐないポピュラーなものではあつたが、それだけに通り一遍の借用では人が嗤ひ、みづからの矜りも許さなかつたらう。

藤原義孝は二十一歳で歿した高名な天才、かつ美青年。三蹟の行成の父にあたるが、冠となった歌は、村上帝の御前連歌で、該句の上句、すなはち發句が示され、諸卿が脇をつけ惱んでゐた時、當時十二歳の義孝が進み出て澱みも閊へもなく詠進し、喝采を博したといふ逸話も殘つてゐる。なほまたこれに感じて伊勢の女《むすめ》中務が「荻の葉に風おとづるるゆふべには萩のした露おきまさりける」の贈歌をなしたとも傳へる。かういふ傳説はさまざま數知れない。今一つ十二世紀半ば平家物語にも謳はれる小侍從が、二條帝の御前での「いろは」連歌で、「うれしかるらむ千秋萬歳」の次の「ゐ」を、連衆四苦八苦してゐると、すかさず「ゐはこよひ明日は子《ね》の日とかぞへつつ」と詠み上げて御感を蒙つた由も聞えてゐる。連歌の全貌は不明だが、平治の亂のさ中と思しい當時、かういふ言語遊戲に耽つてゐたことの、ささやかな傍證にはなり得るかも知れない。

冠句は遊戲としてよりも、祝儀や挨拶としてもしばしば活用されるやうだ。言語遊戲研究家として一部に聞えた芳賀矢一門の和田信二郎は、生前年賀状にこれを試みたと自著の中に語つてゐる。すなはち、たとへば明治四十二年酉年《とりとし》は、敕題「雪中松」にちなみ、古歌を選んで左のやうな趣向とした。

明ぬれと浪は許さす清見潟關路は鳥の音まてと思ふに　藤原保季
治れる時をそ告くる我か君の代に逢ふ坂の關の鳥の音　源　氏經
四方の海は浪靜かにて住吉の松吹く風の音のみそする　讚　岐
十かへりの千歳やゝこと積るらむ松も花咲く庭の白雪　宗良親王
二葉より松の齡を思ふには今日そ千歳の始めとは見る　一條院
年さむき松の心もあらはれて花咲く色を見する雪かな　藤原道家

「明治」は關路の鳥、「四十二年」は松、それぞれあまり人には知られぬ歌を引いてゐる點、なかなかの趣向だ。國歌大觀の索引を小一時間も眺めてゐれば譯のない操作と言ふ人もあらうが、賀歌を要所に鏤めつつ頭字を整へるのは並の才覺ではあるまい。また賀の心から、僧侶の歌を除いたこと、一切清音表記にしたこともゆかしい見識であり、さすがと言ふ他はない。

大空に聳えて見ゆる高嶺にも登ればのぼる道はありけり　明治天皇
正しくもおひしげらせよ敎草をとこをみなの道を別ちて　明治天皇
四方の海皆はらからと思ふ世になど浪風の立ち騷ぐらむ　明治天皇
年々に想ひやれども山水を汲みてあそばん夏なかりけり　昭憲皇太后
きみと臣の心の色にうつさばやいつもかはらぬ松の綠を　昭憲皇太后
のどかなる年やたつらむ大庭の御池の岸による波もなし　昭憲皇太后
とり〴〵につくるかざしの花もあれど匂ふ心の麗しき哉　昭憲皇太后

うちひさす都も鄙もおしなべて學の窓をひらく御代かな　　昭憲皇太后

この年は昭憲皇太后崩御による諒闇中の迎春ゆゑ、賀狀を遠慮して無沙汰見舞とし、これらの御製御歌を謹んで飾つたといふ。明治初年生れの教養人らしい心ばえで、好惡とは別に珍重すべきだらう。道二首、海、山、松、池、花、窓と移るのも面白い。

私も亦數年來、先達の趣向は念頭におくことなく、折句連歌、あるいは俳諧の賀狀を作りつづけて來た。昭和年數は各年變り映えもせぬことゆゑ、干支、五行、九曜、納音《なつちん》の名を右から左に連ねて冠字とした。干支名は年によつては、これにちなんだ漢語成句を選ぶ。暦表用語中、私の最も興味を唆られるのは納音の名稱で、六十甲子《かつし》に五行を配分したこの運勢象徴語は三十に及び、二年毎に變つて順送りになるが、三字の釀し出す一種の美學は、それ自體詩語と見紛ふ。
「海中金・爐中火・大森木・路傍土・劍鋒金・山頭火・澗下水・城頭土・白鑞金・楊柳木・泉中水・屋上土・霹靂火・松柏木・長流水・沙中金・山下火・平地木・壁上土・金箔金・覆燈火・天河水・大驛土・釵釧金・桑柘木・大溪水・沙中土・天上火・石榴木・大海水」都合三十、各二年、從つて干支の組合同樣六十一年目にダ・カポとなる計算である。日日の吉凶を占ふ二十八宿、すなはち昴・畢・觜・參・井・鬼等も多彩であり、八專・十方暮・天一天上・大犯土・小犯土・三伏・三隣亡・天赦日等の暦日も言葉遊びの好餌となりさうだ。

晴の、祝義の、挨拶である限り、巧拙は抜きにして、あくまでも本人の創作を理想とする。受信者はその知識、教養、趣味によつて、それぞれ自由に反應を示すだらう。趣向の底を見透かし、語法の理不盡を論《あげつら》ひ、連歌ならば去り嫌ひを衡く讀み巧者も數多ゐるし、悉皆難解會得絶望と喞《かこ》つ向も更に多いが、それに備へて、瞥見するだけでも樂しめるやう、冠字一字はすべてその年の九曜の示す色で刷り、字數は同一に調へ、用紙は鳥の子の一枚漉卽四方耳を選ぶ。耳附紙の二度刷ゆゑ色刷冠字とそれ以外の黑刷の字のぴたりと揃ふのは十枚に一枚もない。それがまた一つのサスペンスともなる。言葉遊びは複雑化するに從つて、たとへば活字印刷の術的效果が一役も二役も買ふことは理の當然であつた。

獻春　昭和四十九年八白大溪水甲寅元旦

虎の尾の花踏まへたる朧かな　花上亭
視つつつかねし左手たそがれ　鳥左子
眈はれて卍藍文字は緋文字　風中人
眈しみだるる詩のはなふぶき　星右齋
君見ずや水の梔子火のきぎす　禽下館
子は父にひきさかるるロゴス　獸東亭
豹紋の文目つつゆけき契りして　蟲南子
變はるうつつに愛のかはたれ　魚西人
五月待つさはれ男の逆まつげ　山北齋
黄に熟るるたましひのライ麥　川乾館
大白星眼中にいざこと問はむ　草巽亭
溪にささめくよるのうぐひす　霜坤子
水上の初夏の修羅知らねども　森艮人

獻春　昭和五十年乙卯七赤金星大溪水亢宿元旦

乙鳥に銀泥の午後紺の後夜　玉壺亭
卯の花ぞわが見ぬ世に潤む　銀箭子
七哀のひとつや戀の星眼鏡　紅花人

赤き蟬しぐれに刺されつつ　碎霜齋

金剛の月したたれる馬盥に　燭籠館

星星としてきみがしらかみ　兩行亭

大潮やいはでやみまむ夢違　飛閣子

溪涸れてかはせみの聲澄む　珠帷人

水賣るはよその旱の楡木立　金鳳齋

亢ぶる神をきみにたぐへて　刺衣館

宿曜の空華やかに夏昏るる　長眉亭

昧きこころの水のかがり火　對月子

爽涼の何處に秋燕は還らむ　彎環人

頌春　閏昭和五十一年丙辰六白金星沙中土元旦

火祭や既に凍てたる檻の鶴　宵網子

龍陽のほほゑみをわかてよ　漁童亭

昇汞はこころ荒野の忘れ霜　煙翅齋

天網にしもなんじ洩れたり　潭鏡館

六花とよ唇に咲くははき星　瑤匣人

白馬を馭しそののち知らず　風松子

金壺したたれり傾くわが齢　螢星亭

星曆のなにかなしかるらむ　短笛齋

沙汰なしに戀の筒鳥初名告　石根館

中有に楢わかばひるがへる　天影人

土遁より水遁あはれ山棟蛇　鵼夷子
一期一會のくれなゐを引き　薇帳亭
樹陰ああきみがおぼれし潦　香蔓齋
百味とて愛ゆゑににがけれ　漂旋館
穫るからすむぎ黄泉の火祭　蘆荀人

獻春　昭和五十二年丁巳五黄土星沙中土元旦

丁香は父の枕にまつはりて　六花人
巳の刻知らぬ春のねむりよ　七夕亭
五倍子の若葉さ緑うち濕り　八珍齋
黄帝の邊にあやめぞかをる　九條館
土山に仰ぐ鈴鹿や水無月の　十多人
星得てなまめかしき宵あれ　一葦亭
沙漠には砂の陽炎煌めけり　二黑齋
中ぞらの愛おぼろなるかも　三昧館
土蜘蛛の裔赤銅の腕のべて　四愁人
楚腰いだけり露のゆふぐれ　五果亭
人はいさ馬美しき邦の繪を　六瑞齋
描きたりレオナルドの初戀　七寶館
蛇消えて秋の羅馬の百花園　八荒人
添はばや頬の紅褪するまで　九曜亭

足はも踏まむしろたへの雪　十雨齋

頌春　昭和五十三年戊午四綠木星天上火元旦

土山の雨や蘆毛の額濡らす　三駁館
兄ほほゑめば翳るおとうと　二香齋
午前零時月毛奔れば星流る　一驕亭
四君子と君なにかちぎりし　九夢人
綠青に朱を點じたる鞍橋の　八驅館
木の間に見えし戀の始めぞ　七葉齋
星月の駿馬深夜に鞭打つて　六騎亭
天使と稱す奴婢のはらから　五晴人
上弦の月駒牽のなごりとも　四驗館
火宅に露の滿つるゆふべよ　三炎齋
元服の若者乘せて雲雀鹿毛　二驥亭
朝きぬぎぬの衣を裂かれし　一宵人
壽夭何れ汝こそわが照夜白　九驀館
詞こころを越ゆるたまゆら　八紅齋

頌春　昭和五十四年己未三碧木星天上火元旦

土星にて寒の土筆を煮よ吾妹　三飛館
弟の膂力おとれりしろつばき　四偸齋

未明よりさやぐ未婚の黄水仙　五似亭
三鞭酒に三椏の花添へたり父　六霏人
碧眼の兄よいれずみ碧き別れ　七兜館
木蓮に立つや木石ならぬ身の　八耳齋
星暦のすみやかにして瞳に星　九祕亭
天變や天の向日葵濃むらさき　一婾人
上布雪白さやさやと夕顔の上　二覔館
火宅今日露草青き火をこぼす　三悲齋
元服やあふひ元來はなのほか　四津亭
朝の桔梗後朝のきぬ霜のいろ　五孳人
壽星桃食む事不羈の友戀ひて　六翡館
詞華散るや助詞間投詞薄紅葉　七通齋

〔注〕　振假名は美觀を減殺するので一切省略。但し漢和辭典等登載音訓から逸脱するやうな變則的なものはない。
昭49・左手《ゆんで》／眈《ねら》はれて／眈《たの》し（眈と混用の慣習あり）梔子《くちなし》／文目《あやめ》
昭50・乙鳥《つばくら》／星星《せいせい》（白髮の形容）／宿曜《すくえう》
昭51・龍陽《りようよう》（魏王寵臣）／初名《はつな》告《のり》／中有《ちゆうう》／山棟蛇《やまかがし》／潦《にはたづみ》／穫《か》る／黄泉《よみ》
昭52・丁香《ちやうかう》／五倍子《ごばいし》（ふし）／楚腰《そえう》
昭53・駒牽《こまひき》／雲雀鹿毛《ひばりかげ》／壽夭《じゆえう》（長壽と夭折）／照夜白（玄宗皇帝愛馬）
昭54・吾妹《わぎも》／三鞭酒《シャンペン》／三椏《みつまた》／後朝《きぬぎぬ》／壽星桃《じゆせいたう》（アーモンド漢名）／四偸《しっ》齋《さい》／七兜《しっつ》齋《さい》／一婾《いっつ》人《じん》

寅年昭和四十九年の冠字九曜を「八白」ではなく「五黄」に變へたのは「豹變」を受けての趣向。五黄を選んだのは元來これが中宮に位置するのが基準狀態であるからだ。作者名は花鳥風月、禽獸蟲魚等森羅萬象名から日月等七曜に現れるものを除き、これに位置方角名を配した。また連歌の中の季は悉皆晩秋・初夏に統一した。發句は勿論寅歳にちなんでのものだが、動物の虎の尻尾であると同時に、季節の花、櫻草科の植物 **Lysimachia clethroides Duby** を差す。またこの連句は、揚句「水上《みなかみ》の初夏《はつなつ》」を發句に直して逆さに讀みたどつても、また別趣の興の湧くやうに仕立てた。「逆睫毛」と「ライ麥」の禾《のぎ》との映り合ひ等も判る人は樂しんでくれよう。

卯年昭和五十年の連衆名はすべて李賀の十二月樂辭の「十月」から採つた。すなはち原詩は「玉壺銀箭稍難傾　釭花夜笑凝幽明　碎霜斜舞上羅幕　燭籠兩行照飛閣」云云と七行にわたるが、高名な絶唱の一つゆゑ、唐詩をいささかでも齧つた人なら、一目見てこれからの借用であることを覺り微笑するはずだ。ただ一つ「釭花」はその年の九曜に和して「紅花」に變へた。釭《ともしび》を消して夜開く花としたから、暗闇に咲く熱帯睡蓮か合歡を思へばよい。連句の季は初夏の燕、卯の花から、翡翠に旱、水賣の朱夏を經て晩夏、歸燕の秋に移ろふ。

辰歳昭和五十一年は前二年より二句增の十五句仕立、中央の「星曆」以前七句に「忘れ霜」や「六花」すなはち雪を配して多とし、以後七句に筒鳥に山楝蛇、樹蔭、火祭を配して夏を描いた。連衆名は前年に續いて李賀、この年は「昌谷詩」五十六首の中「漁童下宵網　霜禽竦煙翅」に始まる十八行中から、前後しつつ任意に採つた。發句初五が「火祭」を、終句結末も「火祭」を含むのは、十干の「丙＝火《ひ》の兄《え》」に由來する。

巳歳昭和五十二年の冠の末には「蛇足」の起源を匂はせた。すなはち戰國策に見える故事、楚國の某某三人が酒を懸けて蛇の速描を競つた折、中の一人が素早く描き終へ、更にその敏捷を誇らうと足を描き加へたことである。また「楚腰」は柳腰を意味し美人の稱である。連衆名は五黃の年ゆゑ「六」から始めて順を逐つた。「九條館」から九條良經を導き出し、前短句「うち濕りあやめぞかをる」は彼の絶唱「うちしめりあやめぞかをる時鳥鳴くや五月の雨の夕暮」を本歌とすることは勿論である。

午歳昭和五十三年は馬盡し。十四句中の短句七句には必ず馬の關聯語を配した。すなはち、蘆毛・月毛・鞍橋・駿馬・駒牽・雲雀鹿毛・照夜白の七つがそれである。またその短句作者の連衆名も、七つながらに馬を含む文字に統一してある。なほ聞えた言葉で説明の要もあるまいが七句目の初五の「星月《ほしづき》」は額に白の小さな斑點を有つ馬の謂である。別名を星額《ほしびたひ》とも稱する。

未歳昭和五十四年は冠字を句中で今一度折返した。字そのものの場合も意味や音を採る場合もあつた。すなはち、土星・土筆／弟・「おと」れり／未明・未婚／三鞭酒・三椏《みつまた》／碧眼・碧き／木蓮・木石／星曆・星／天變・天／上布《じやうふ》・上／火宅・火／元服・元來／朝・後朝／壽・食む「事不羈《ことふき》」の／詞華・助詞・間投詞の順である。結びの句には詞を三度折りこみ、その上紅葉《もみぢ》の「葉《は》」と詞＝言葉の「葉」の暗合も含ませた。また頻出する植物も「寒の土筆・椿・水仙・三椏・木蓮・向日葵・夕顔・露草・葵・桔梗・壽星桃・紅葉」と四季を周るやうに鏤めた。連衆の名は三碧の年ゆゑ三で始めて序數を繰返し、二字目は横に「ひ・つ・じ」の反覆となる。

高が賀狀にと苦笑する人、官製のお年玉附葉書に既製の文言を印刷させるとか、あるいは寺田寅彥氣取で單純素樸を以て尊しとなす、などと斜《しや》に構へる向には、所詮緣のない趣向であるが、私は他人に倣はず、また他人の模倣を峻拒する、否拒み得る賀狀を制作し續ける。それも「言語遊戲」の醍醐味を味到するための一手段ではなからうか。葉書倍判料紙を二つ折にして封書とするので、當然年賀郵便扱ひとならず、一括投函しても目的地によつて三日から一週間のずれがあり、甚しいのは大晦日投函、正月十日過到着の例も生ずる。折句賀狀以前は古典名作や自歌の、その年の干支・九曜等にちなむものを、あるいは毛筆揮毫し、あるいは色刷りにしてゐたが、これは他に類似のものも多多見受けるので、折句に變更した次第、十年は續ける所存である。

外國にも折句的發想の遊戲や趣向は多多見られる。先達和田信二郎蒐集紹介に從へば、英佛獨にわたつて幾つかの謎謎《クイズ》形式のものの傳承があり、日本人でもいささか外國語に通じた人ならば、さして苦勞することもなく創案可能と思はれる例も少くない。

冠を縱にたどれば「ヴェロネーゼ」、沓は「ティントレット」でいづれも高名な畫家名、横は八行で、順に「ヴェルネ＝畫家名・建てられた・葡萄《レザン》・東・ファラオ・エーテル・サルト縣・エスコー河」となる。クイズ

VERNE**T**
ETABL**I**
RAISI**N**
ORIEN**T**
NECHA**O**
ESTHE**R**
SARTH**E**
ESCAU**T**

MONTA**G**
O　M　E　**N**
M　A　K　**I**
MAILAN**D**
SANTANDE**R**
EMILI**A**
NANKIN**G**

題としては、八項目にわたつて同義語・類語・暗示語を列擧し、その冠・沓共にイタリアの畫家になるやう組立てよと言ふことにならう。一種のクロスワード・パズルだが、縱訓《たてよみ》は冠沓二列だけだから、他の四列はいくらも代替し得る。ちなみにNECHAOは埃《ファ》及《ラオ》王のネコ王、固有名詞である。

冠を上から訓むとドイツの歴史家モムゼンで、沓を下から逆にたどるとこの人の出生地ガルディングが現れる。横の鍵七行は順に「月曜日《モンターク》・前兆《オーメン》・狐猿《マーキー》・ミラノの獨名・西國サンタンデル・女子名エミリア・南京」となる。前例と事變つて、この獨逸語パズルでは、字數に制限がなく、冠・沓さへ揃へば自由だから、苦勞が少い。出題は先にモムゼンを示し、これを冠とする語を並べて、沓を逆に讀むとその故郷が現れるやう工夫せよと言ふのだらう。鍵として七曜名とか吉兆とか類人獸とか書き連ね、主として幼・少年向に用ゐられるものと思はれる。

1暗黒2柔順な3美しく4輕やか5門人6賢人7嚴しき8入る9除く10山賊11縛る12邪13凍れる14劍、以上の同義語を列擧し、有名な格言を、その冠字によつて導き出せといふクイズであらう。「貴族《ノーブレス》は義務を負ふ」といふ言葉は、「武士道とは死ぬことと見つけたり」と似たり寄つたりの、金言集中のものだらうから、最初の二、三語で暗示するところが浮かんで來れば後は時間を要しまい。沓が自由なだけ容易だ。

1　**N**UIT
2　**O**BEISSANT
3　**B**EAU
4　**L**EGER
5　**E**COLIER
6　**S**AVANT
7　**S**ERIEUX
8　**E**NTRER

9　**O**TER
10　**B**RIGAND
11　**L**IER
12　**I**NJUST
13　**G**LACE
14　**E**PEE

次は有名な獨逸俚諺「早起き三文の徳」を冠として、これを隱題としたクイズ。鍵は1記號2皮相的3力强き4風習5誠ある6損失7部屋8梯子9無代で10濡れた11故に12隅13怨恨14再度15天才16利益17箇處18暖き19物20組合21見解22模範23原因24唯25被覆26名聲の同義乃至暗示語となる。これまた朝《モルゲン》が浮かへば他はさして

1 **M**ERKMAL
2 **O**BERFLÄCHLICH
3 **R**ÜSTIG
4 **G**EBRAUCH
5 **E**HRLICH
6 **N**ACHTEIL

7 **S**TUBE
8 **T**REPPE
9 **U**MSONST
10 **N**ASS
11 **D**A
12 **E**CKE

13 **H**ARM
14 **A**BERMALS
15 **T**ALENT

16 **G**EWINN
17 **O**RT
18 **L**AU
19 **D**ING

20 **I**NNUNG
21 **ME**INUNG

22 **M**USTER
23 **U**RSACHE
24 **N**UR
25 **D**ECKE
26 **E**HRE

工夫を旋らすこともなく、精精十代前半向の出題であらうか。

　これは佛蘭西俚諺「貧乏人に背負袋」を導き出すクイズで、鍵はすべて反對語を提出する。すなはち、たとへば最初の「粗暴《アプルテ》」に對しては「溫和」を、次の「使ひ古し《ユゼ》」に對しては「新しい」といふ語を與へてゐる。以下3自由な4甘い5離れる6單調7服從8無學9詐僞の10利用する11憲兵12主人13不滿足な14豐饒15角16鋭い。この順に示される。嚴密な意味で「逆」を表示し得ない語も多いところが、却って解答者の泣き處となるのが味噌。この問題、貧乏人《ポーヴル》の半ば以上まで出來ないと、諺の方はまづ察知不可能だらう。

1 **A**PRETE
2 **U**SE

3 **P**ISONNIER
4 **A**CIDE
5 **U**NIR
6 **V**ARIETE
7 **R**EBELLION
8 **E**RUDIT

9 **L**OYAL
10 **A**BUSER

11 **B**RIGAND
12 **E**SCLAVE
13 **S**ATISFAIT
14 **A**RIDE
15 **C**ERCLE
16 **E**MOUSSE

　これまた反對語を鍵として示し、導き出される冠字の縦訓は「空腹《すきばら》にまづいものなし」。1低い2上3前4今日5快活6汚い7時たま8粗暴9生10此處11初12貧しい13甘い14恥15屢々16滑稽な17既婚者18暖い19鎖された20軍人21傷ついた。以上の中には、また逆を想定不能なものも少くないが、「飢餓《フンゲル》」が出て來たらこれも容易だらう。

1 **H**OCH
2 **U**NTEN
3 **N**ACH
4 **G**ESTERN
5 **E**RNST
6 **R**EIN

7 **I**MMER
8 **S**ANFT
9 **T**OD

10 **D**ORT
11 **E**NDE
12 **R**EICH

13 **B**ITTER
14 **E**HRE
15 **S**ELTEN
16 **T**RAGISCH
17 **E**HEMANN

18 **K**ALT
19 **O**FFEN
20 **C**IVIL
21 **H**EIL

折句歐文はレイアウトの技術を考慮すれば、視覺的効果は日本文の比ではない。ジェイムス・ジョイスはその傑作「ユリシーズ」の中で、度度デモンストレーションを試みる。文字謎《アナグラム》、沓冠體詩《アクロスティック》等、一一斷るまでもなく、彼の作品が壯麗な言語遊戲の所産ではなかつたか。宣傳廣告面でも、美しいデザインをあしらひ、冠字をゴシックにまた花文字にして、當爲卽妙の折句を誇り、人々の關心をそそり立てる。素晴しい武器と言へよう。

かなり古典的な一例として「オメガ感光紙」の宣傳パンフレットがある。冠には「オメガは純白《ピュア・ホワイト》を提供《ギヴ》」と諷ひ、冠句に相當する宣傳文文案はさして傑れたものではないが、目に訴へる効果、刺戟は當時劃期的なものだつたかも知れない。勿論當今はもつと露骨に、繪畫や實物寫眞で人人の好奇心を誘ふから、かういふレイアウト自體、アナクロニズムとして顧られなくなつたが、まだまだ研究、改良の餘地はあらう。その好箇の例の一つとしてニューイングランド・マガジンの廣告がある。これも既に半世紀以上昔の、廣告美術創始期の作品だが、多多參考に供し得る。

下方にさり氣なくボストンのアドレスと社名を謳ひ、最上段に「小遣錢《ピン・マニー》」と打出す。何事かと思へば冠字がゴシックで「一時間一弗《ワン・ダラー・アン・ナワー》」とある。その冠句がまた一語・二語・三語と次第に增して行く。讀書の必然性、書店の利點を簡單に說き、十分に注意を引いた上で、さてその下に逆三角形の「代理店募集中《エイジェンツ・ウオンテッー・ナウ》」の冠字が

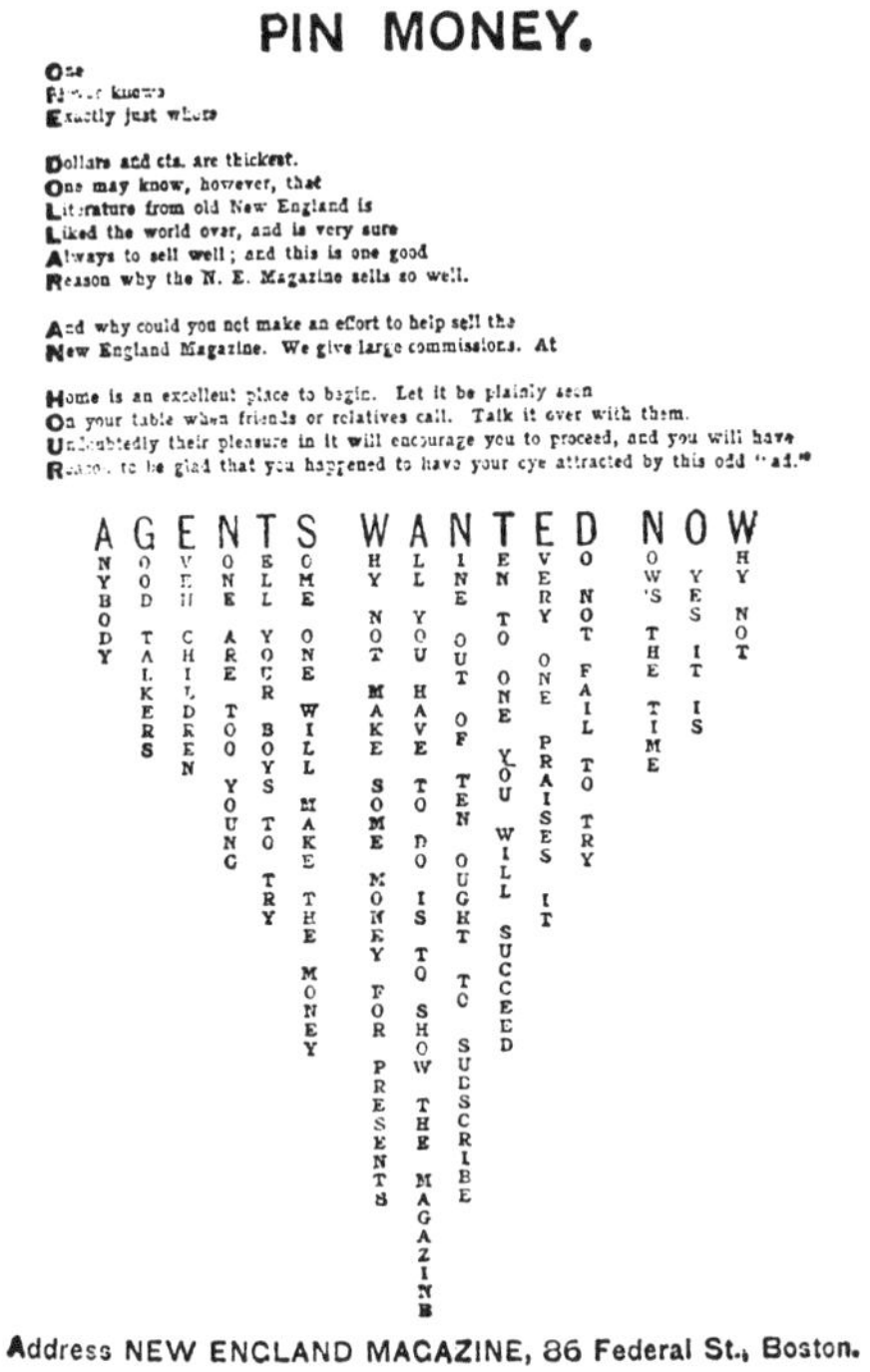

見え、今度は上から下へ冠句が續く。左から右へ、一語、二語、やや長い二語、三語と人を誘ひ、子供でも出來る仕事だと謳ふ。金儲けの勸誘、露骨ではあるが、いつか氣にならなくなる。そして「成功疑ひなし、今こそ好機、さうとも、さあさあ」と次第に叫びに變つて、この輕快、强引な匿句は終る。このパロディは種種可能だし、日本のポスターなどでも、漢字をすべて象形文字風に活用するなら、斬新奇拔なものが生れるのではあるまいか。裸女をはびこらせ、醜惡な廣告主の面《つら》をさらす愚を改められない日本では、望む方が無理ではあらうが。

七、野馬臺詩

漢文の作詩作文が一般教養として、或る水準以上の大衆の間に浸透してゐた明治以前は、文字謎も言語遊戲も漢詩文を素材とするものが少くなかつた。回文然り八重襷然り、連環詩然り、當然のことであらう。均整美のデモンストレーション、秩序の典型誇示になら、漢字以外を用ゐぬ方が遙に合理的でかつ容易である。發音と意味の重疊錯綜を狙ふ時は、漢字・平假名・片假名・外國語・原語其他符記號を手當り次第に活用する日本文が面白からうが、あまりにも複雜多岐であつて超絶技巧を要求される反面、曖昧化、朦朧化する懼れも多多ある。

漢詩文の遊びで往時最も人人の興味を引き、パロディーさへ數多生れた例の一つに「耶馬臺詩」がある。

傳說に曰く、梁に寶詩と呼ぶ僧あり、某日一千八百人の化女に遇ひ、彼女らが語る日本國の年代記、未來記を聽聞、これを十二韻詩に纏め、耶馬臺詩と稱した。唐代に到り、吉備眞備入唐の砌、音に聞くこの人の學識才能を試さうと、唐の某がこの詩を示した。眞備はたと困じて拱手瞑目するに、先人阿倍仲麻呂の靈忽然と現れ、大和の國長谷觀世音祈願

野馬臺詩

始定壞天本宗初功元建
終臣君周枝祖興治法主
谷孫走生羽祭成終事衡
塡田魚膾翔世代天工翼
孫枝動戈葛百國氏右輔
昌徵中干後東海姫司爲
白失水寄胡空爲遂國喧
龍游窘急城土茫茫中鼓
牛喰食人黃赤與丘青鐘
腸鼠黑代雞流異竭猿外
丹盡後在三王英稱犬野
水流天命公百雄星流飛

を勸める。祈りを凝らすと一匹の蜘蛛が空中から垂れ、詩文の上を這ひ始めた。その跡を目でたどるや謎は直ちに解けて、すらすらと讀誦、唐人大いに愕いたといふ。千八百人の女が「倭」の開讀であり、それを一音づつ漢字化したのが「耶馬臺」であることも含めて、いささか幼稚な造り話だ。長谷觀音を松尾明神とする說も、詩を「馬《ば》臺讖文《だいしんもん》」と稱する人もさまざまだが、ともあれ、神の化身の蜘蛛が絲を曳いた解說の道標《みちしるべ》と、それに從って字を拾ひ、順序を正して淨書した十韻十二行詩は次の通りであった。

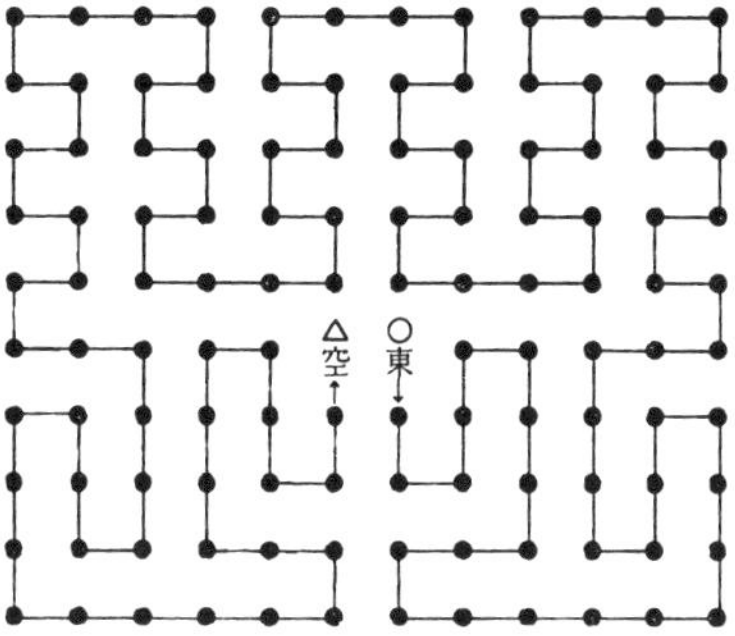

↓

東海姫氏國百世代天工
右司爲輔翼衡主建元功
初興治法事終成祭祖宗
本枝周天壤君臣定始終
谷塡田孫走魚膾生羽翔
葛後干戈動中微枝孫昌
白龍游失水窘急寄胡城
黃雞代人食黑鼠喰牛腸
丹水流盡後天命在三公
百王流異竭猿犬稱英雄
星流飛野外鐘鼓喧國中
靑丘與赤土茫茫遂爲空

一時は「琵琶行」や「長恨歌」に負けず劣らず愛誦されたらしい。その氣になつて讀めばいかにも「神國日本」の國體の美をあるいは怪を、ものものしい修辭を總動員して謳ひ上げ、聞いたやうな故事や說話の斷片まで嵌めこんである。文字に關しては大先輩、否先祖に等しい支那で創作されたオマージュ擬きの詩ゆゑ、優越感と自惚《うぬぼれ》をこもごも擽《くすぐ》られて人口に膾炙したのだらう。傳說も詩も日本人の捏造といふ說、詩の原型は支那製だが必ずしも日本のことをテーマにしたものではなく、要處要處を變へれば他の幾つかの國にも通用するといふ說、其他「伊呂波」歌の考證に似て異論は樣樣あり、いづれも隨分穿つてゐるが、ともあれ作者の才は並並ではない。解讀の方向に引いた線は支那人が古來大いに好む亞字欄《あじらん》のパターン、この邊も邦人の創作なら行き屆いたものだと言ふ他はない。字順轉換前の原耶馬臺詩と解讀後のそれとを比べる時、心中なるほどと頷きつつも、別に愕然とも啞然ともしないところに、漢字に馴れ親しみ過ぎた者の、否、表意文字の排列の限界の悲しみはある。原詩を瞥見すれば、大體いかなる性質の詩かが漠然とは感得できるのだ。たとへばこの詩の中には、汚穢や殺戮を暗示するやうな不吉、凶惡な文字が全然現れない。華麗巧緻な幻像を喚起するやうな文字にも乏しい。默示錄的、豫言乃至祈禱に類した文字は頻出する。その印象を前提とする時、目の覺めるやうな驚きはない。

三無之永止停不刻之本
味樂休者出物時調板地
線實座役歌鳴德畫元求
師女疲妓舞悅得狂戲物
匠婦市海江來而出步器
錢之中○東異人府內商家
無引質△說秋仲午戊是正
歎茶家行急土黃寺院潤
北雄融流病冥泉深僧櫃
國悉通歎老不赴悲俗米
客女無人若嫌者子易屋
無遊而貧男女多孝有棺

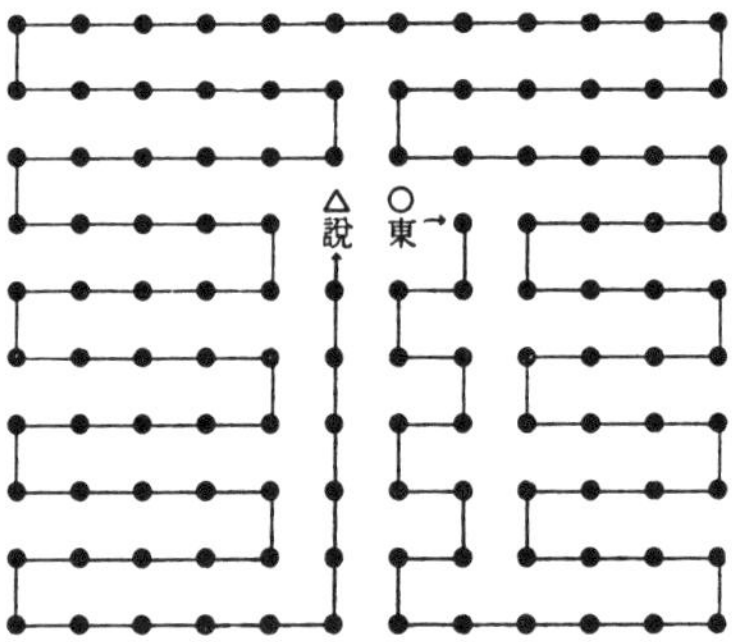

「東海江」は安政五年（一八五八）江戸に虎烈剌《コレラ》が流行した頃、巷間に流布された戲作耶馬臺詩であるといふ。字數は百二十で原詩と等しいが、字順の軌跡はやや單純化され、橫這ひの部分が多くなつてゐる。內容は低俗を極め、何もこのやうな凝つた表記方法を採ることもあるまいと思はれるくらゐだ。「三味線師匠錢無」とか「棺屋米櫃潤」など、洒落本や川柳・狂歌なみの擽《くすぐ》り穿ちもない。一瞥不可解、謎を含むことを直感させるやうなスタイルで、期待しつつ解讀すると、その實は無內容平板を極めてをり、讀者を完全に茶化し切つてゐる、そ

こに作者の意圖があつたと考へた方がよいのだらうか。思案に餘る。

親解旬浦人益惡質江城
玉上和皆賀判無都素登
月心惰苦評表騷亦夜節
六弱配出同動異天場儉
迚歳再終如一仰國下臺
不慢丑亂西若者下船川
驕叶世。今老趣惱儒品來
至鐵伏鼻△度水痼金渡聞
太込牧祈氣安千氣是翰
仕本駒舟伊費康亞少書
入官猶山規勢墨永陸治
忽人卽新福利日上文姊
所船筒刻加心師光子望
笑大蒸夷立水迷弱神偏

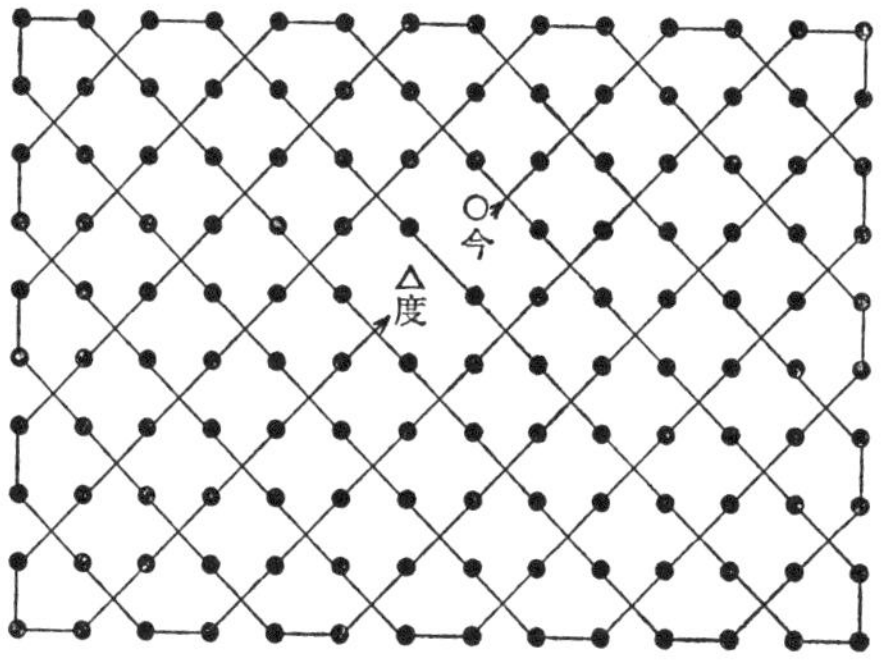

四田《ひった》鹿子《かのこ》擬きのパターンを持つ字順のこの詩は、嘉永六年（一八五三）に作られたもの、題も滑稽を露骨に意識して「屁暮臺の詩」と稱する。内容は時事政局に觸れていささかは慷慨調、題名ほどにふざけらしたものではない。文字の錯綜も斜行を主としてゐるので面目一新、と一應は思ふが、第一印象でほぼ詩趣文意は把握可能である點、耶馬臺詩や東海江と大差はない。四方に親玉・六月・書翰・登城等の熟語が並ぶことも、一瞬把握に與つて力があるらしい。

たとへば次頁は、東海江の字順回路に從つて或る詩を書直したものだ。しかしばらく字面《じづら》を眺めてゐれば、原・東海江等とは全く比較を絶した藝術的香氣が傳はつてくるだらう。そして王維の主要作品を一、二度通讀した經驗のある人なら、これが「感化寺《かんげじ》に遊ぶ」百字と「班婕妤《はんせふよ》三首」の冒頭一首二十字を書き改めたもの

獻果雲路拆戸深山簷傍
鹿銜端郢金當無響榏穴
女王廻明澗峯島松谷虎
踏雁秦林透瓊聲唯靜宇
花晴川翠香琉璃平龍棟
行外雨翡煙合寶地宮連
科籬生滅不耿燈孤帷羅
擻繞野青菰清梵螢影守
辭城蕨飯米陪末窗度野
貧化空香嘉誓端玉金秋
里宿館櫻菰虀坐生殿絕
歸依發山綠芋學無人聲

にぎにぎかなみのなに
かつたつぬみなみりら
みみかみしのはかまは
むかみかのめあるせの
すのむめつはじときま
びびすあちのめのたか
のみはげらくてしくと
かかみりまたまかくご
みのなししひわらの
こらひにてくきにから
のしとみみかつくべぶ
みはりがみをぎにるあ

であることくらゐ、漠然と察しはつくはずだ。「翡翠」とか「虎穴」とか、歴然とした熟語は、一字飛びか斜行にしない限り、おのづから解けるものだ。だから暗號的文字謎の作成は野馬臺詩でも無意味となる。漢字の持つ重層性の一つの限度であらう。

漢字連續の場合より更に右から左への縦讀みを習慣づけられてゐる假名連續は、上記のやうになると、東海江字順を頭においてゐてもなほ、「賑々」とか「何買つた」とか、つい意味を求めて引摺られてしまふ。單音で意味を持つ例が極めて少く、目《め》・齒《は》・火《ひ》・木《き》・血《ち》にさへ漢字をあてはめないと感覺的に訴へない假名、殊に平假名は、一度オーダーを喪へば途端に呪文化する。この平假名呪文も、東海江の順に從ひ、漢字混りに書き直せば「天地の初發の時高天の原に成りませる神の名は、天の御中主の神、次に高御産巣日の神、次に神産巣日の神。この三柱の神はみな獨神に成りまして身を隱したまひき。次に國稚く浮かべる脂の如くして水母」となる。呪文化はするものの、横這ひ讀みを試みるなら部分的に原文通りの部分も現れ、これまた暗號文用パターンとしては效力が薄い。屁暮臺パターンなら四方に面する部分の二字づつに、語割《ごわれ》になるやうに言葉を配すれば、十分有效かも知れない。だが、私は寡聞にして、假名書耶馬臺詩の存在を未だ確認する機に惠まれず、あくまでも和風漢詩趣味が基調となつて流行したものと考へるべきであらう。支那人には通じぬ例も少くあるまい。

次に示すのは明治十年（一八七七）年西南戰爭勃發の折、かなり流行を見、三枚續きの錦繪として上梓されたといふ「野蠻題之詩」である。西南の役前後の筑紫の形勢、征韓論に破れてつひに兵を擧げるに到る事情が、珍妙な和製漢文でひねく

擧國在非岡薩售成刀切
火郷産目干弊圓脱化足
農花賭芋早書廢十張怪
父事而舞故邪生矣物利
三農新櫻負砲電書生見
萬平而乎名辰屁化校觀
起銀提無机島○開轟高學
甘妻出昨暴不糖肥△聲逐
利者年院守動前韓鹿印
困山新頓官車楯又征不
ロ究戒制覆取原突聞代
荒車農性西前暇唯天名
後熊懲與般洋區平而師
肥莫擊今商町艦辛不敵

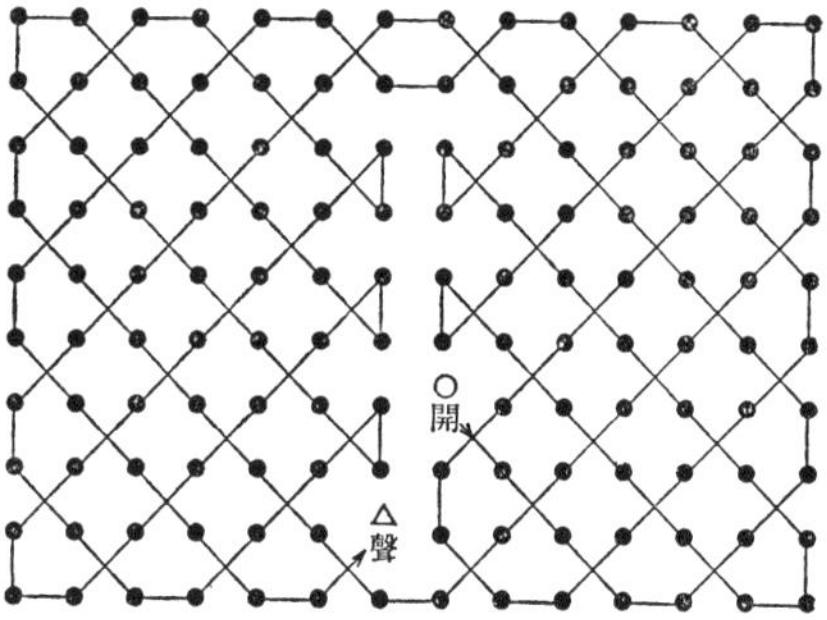

つてある。この文脈用語、候文や中世の諸日記の自己流に酷似し、「詩」と呼べるやうなものではないが、その詩にほど遠いところで、ともかく自在に、それなりに達意の詩文紛ひのものを捏ち上げる才人が、民間にもあまた存在し、讀み取る人も大衆の相當の部分を占めてゐた證左にはなるだらう。「楯突《たてつく》」「件愚莫《しやりこりなく》」など、たとへば例の「莫大小《メリヤス》」を聯想させるし、「擧國《くにをあげて》産芋《いもをさんする》故《ゆゑ》砲《はう》屁轟《ひとどろく》」など、薩摩を笑殺する趣あり、作詩者の態度はかなりアナーキーであるやうに感じられる。ともかくこの邊で讀者を破顔一笑させることも計算に入れてのことであらうから、作者・讀者の形成するコミューンも、どの程度の次元かは、およそ察し得よう。明治初年の大衆、あるいは婦女の讀物には、かういふふざけ散らしつつも、一定水準の學識教養がないと味到しがたい、不思議な見物《みもの》、刷物、册子、本類が夥しく流布してゐる。

天保、すなはち一九世紀中葉某年某月、淺草觀音堂修復の砌、堂奥の扁額を取り脱したところ、その裏面に

語謐鱗鮮鶯廣車驗
絶鐘自物吟今玆應
筆暮渡節花古來求
圓院江光愁物聳卑
通寺清風秋利群尊
○△巓連漣見蟬房肩子
是年神筵樹眠撃船
扶許三梵林昏前力
桑幾社凝中覺河風
東開玉觀鳥唄水帆
海門堂修交歌波百
天悲竝乘響聲浄得

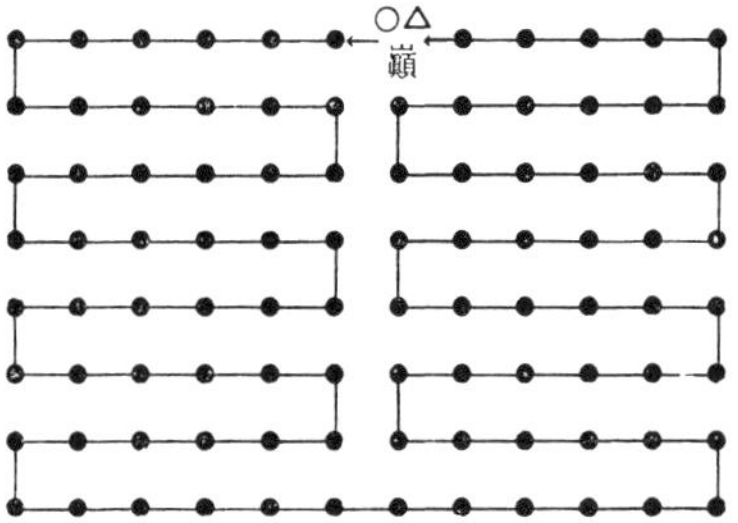

上記の通り八字十二行の不可解な詩文あり、識者學者鳩首鑑定の末、解讀方法を發見、その結果、作者は明の福建章との説も出たが確證はない。耶馬臺の詩のヴァリエーションで、拆字詩《たくじのし》の一種といふ。要所要所の韻子を傍と扁に開いて讀み進むもので、たとへば松を十八公、貨泉を白水化人、劉を卯金刀と讀むたぐひ、好例に苕溪詩の「日月明朝昏、山風嵐自起、石皮破仍堅、古木枯不死」があるが、この扁額裏詩はそこまでは開かず、巓は冠だけを採つて次に續け、「山是扶桑東海天」と讀む。天を開いて大を採り「大悲門開幾許年」と七言進み、年字の十を次に送る。「十神三社玉堂竝」竝＝立「立乘修觀凝梵筵」筵＝竹「竹樹林中鳥交響」「音聲歌唄覺昏眠」「目撃前河水波浄」「爭得百帆風力船」「公子尊卑求應驗」「馬車玆來聳群肩」「戸房利物古今廣」「黄鶯吟花愁秋蟬」「單見風光節物鮮」「魚鱗自渡江清漣」「水連寺院暮鐘謐」「言語絶筆圓通巓」と連環風に閉ぢる。これは平仄や百六韻等に通曉してゐないと作りもできず、また開き方も判らない。「響」を開いて「鄕」を採るか「音」を殘すか、「船」は「公」か「舟」か、鄕聲・舟子いづれも熟語として有り得るから、素人には判別がむづかしい。詩としてはその後の各篇よりはるかに整つてをり、平凡ながら一種の風格情趣も失つてはゐ

ない。福建章作もあながち荒唐無稽の當推量とは言へまい。なほこれは横這ひ讀みを左右に繰返すだけで拆字の祕訣以外、解讀にさほどの困難は伴はず、かへつて拍子抜けがする。一字を二回讀むことによつて、九十六字が百十二字に増加、七言詩十六行となるところが面白い。

歐文の、似たやうなパターンを持つ遊びも古くからある。だが、詩文ではなくて諺、箴言、簡單な成句の類が多く、言葉の連鎖の妙よりも、連鎖によつて生ずる軌跡の象形の方が興味津津である。その複雑な幾可學模様は染織工藝の文様盡しを見るやうで、よくもここまでと感動を禁じ得ぬ例も少くない。

i	sch	u	d	i	z	u	D
f	n	e	w	ä	r,	ch	n
t	D	l	a	e	e	i	f
U	W	s	e	e	t	a	t.
s	i	s	w	G	i	l	e
n	z	e	i	i	d	D	s
n	s	a	r	sch	s	a	d
r	e	e	i	n	n	t	a

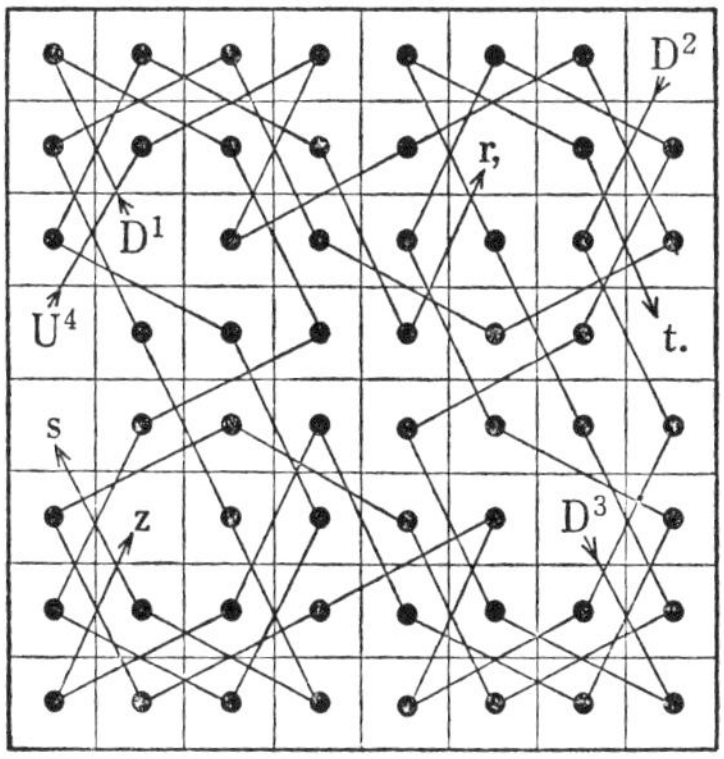

1 Die eine ist schwer,
2 Die andern sind leicht.
3 Das Ganze ist schwarz,
4 Und läuft auf Weiss.
〈Bleifeder〉

獨逸語例一つ、謎謎で〈1その一つは重く〉〈2一方は輕く〉〈3全體は黑〉〈4そして白い物の上を走る〉とデータを四つ與へ、答は「鉛筆《ブライフエーダー》」。ちなみに Blei は鉛、feder は羽ゆゑ、この一語の「拆字《たくじ》」はデータの1、2に相當することにもなる。weiss は「白い」といふ形容詞だが前置詞 auf などを伴つて名詞になる時は、白紙のやうな「白いもの」を意味する。さすがニュールンベルク等鉛筆の名產地を持つ國だけのことはある。軌跡はよく眺めると左右上下連つて一つのアンサンブルを示す裝飾逆卍、といふよりハーケンクロイツを內藏した複雜な星座樣パターンとでも見ると面白からう。

これをどのやうに操つて遊ぶかは判然としないが、クロスワード・パズル風に、永年人人の愛好して來たであらうことは推察できる。文字盤と「鉛筆」を示してデータを求め、軌跡を描き出すのか、軌跡を先に與へておいてデータを導き出させ、次いで答を求めるのか、いづれにしてもアルファベットは重複するので、相當な難行苦行とならう。もつとも、これに限らず、歐文のものも、複雜華麗なパターンを先に描き上げておいて、これに言葉をあてはめて行くなら、大して苦勞は要すまい。

g	a	a	t	n	e	e	i	a	n
r	m	s	h	a	b	n	r	s	d
u	e	e	i	e	g	f	n	e	t
g	z	u	u	w	r	r	e	s	n
r	d	n	n	i	f	d	a	o	a
i	a	d	d	k	e	a	t	n	e
e	n	a	n	s	s	n	s	g	t
i	t	d	a	e	t	l	i	h	n
s	k	n	n	u	b	e	n	e	a

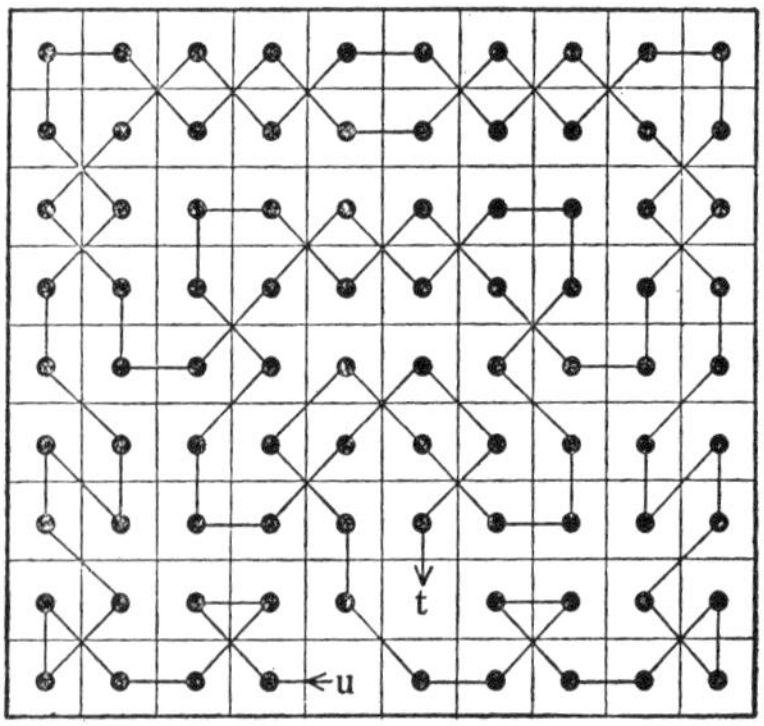

Undank ist ein arger Gast,
Aber an den Angethanen
Liebesdienst den Freund zu mahnen,
Ist so arg wie Undank fast.

右のレースのドロンワーク風のパターンを示すのは、獨逸格言パズルだ。かうなれば、先に軌跡を與へておいてもらはぬ限り進みやうがない。最下列の**u**から始まり、その前列の中央近い**t**で終ることを教へただけでは、軌跡は裂滅、破れた蜘蛛の巣状を呈することになること必定である。格言に曰く「忘恩は嫌《いや》な客人だ。だが賣つた恩を友に思ひ出させるなど、質《たち》の惡さは同じこと」これで最後と最初とがもう一度重なるやうな言葉にしておいたら、パターンは左右均衡の美しいものになる。一寸した工夫でそれは容易だ。

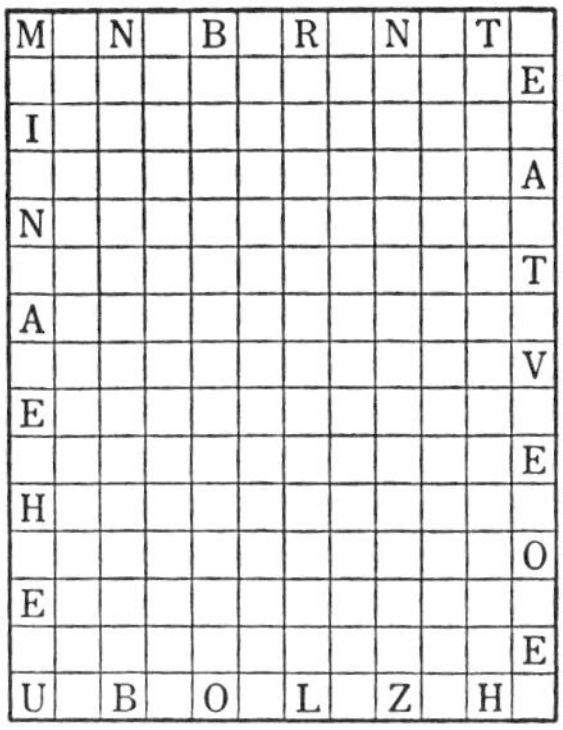

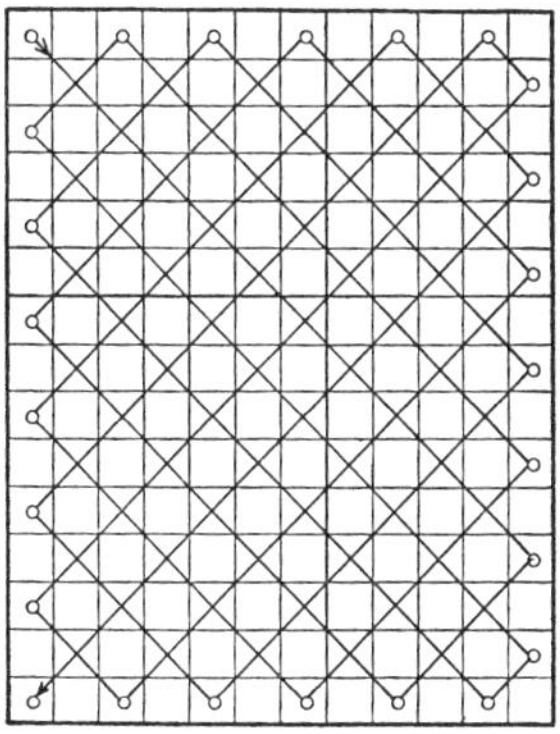

右も亦獨逸物の一例だがこれは鍵が固有名詞で、音樂家二人、詩人二人、その名を示すならば MOZART, BEETHOVEN, HEINE, LENAU となる。四人の綴り字計二十五、軌跡枠四圍の字數も同じ、一字一回限りではあるがEは六回も出て來るし、續いてN三回、ATHO各二回ゆゑ答が判れば自由にアルファベットを繋いで行けるわけでもない。Mの次のOを右にするか下にするかで、線はすつかり狂つてしまふ。なほ、これ

など明らかに市松格子の整然たる「目」を見せるために作られたクイズであらう。ドイツ風のきびしい線を樂しまう。

佛蘭西製のパズルはさすがに優美で、花詞《はなことば》を網羅し、その綴讀痕跡も電光石火型とでも言ひたいやうな、左

isir	uce	anc	d'ora	smin	fle	confia	le
c'est	ter	pla	do	nce	my	eu	la
ur	la	nger	bl	ur	ja	est	la
ra	le	le	le	la	c'est	stère	bl
vio	col	est	la	la	sca	uven	use
l'inn	spic	pe	l'an	est	one	is	la
ère	lette	la	nce	cand	ir	bie	so
est	oce	et	nsée	ém	le	eur	l'ir

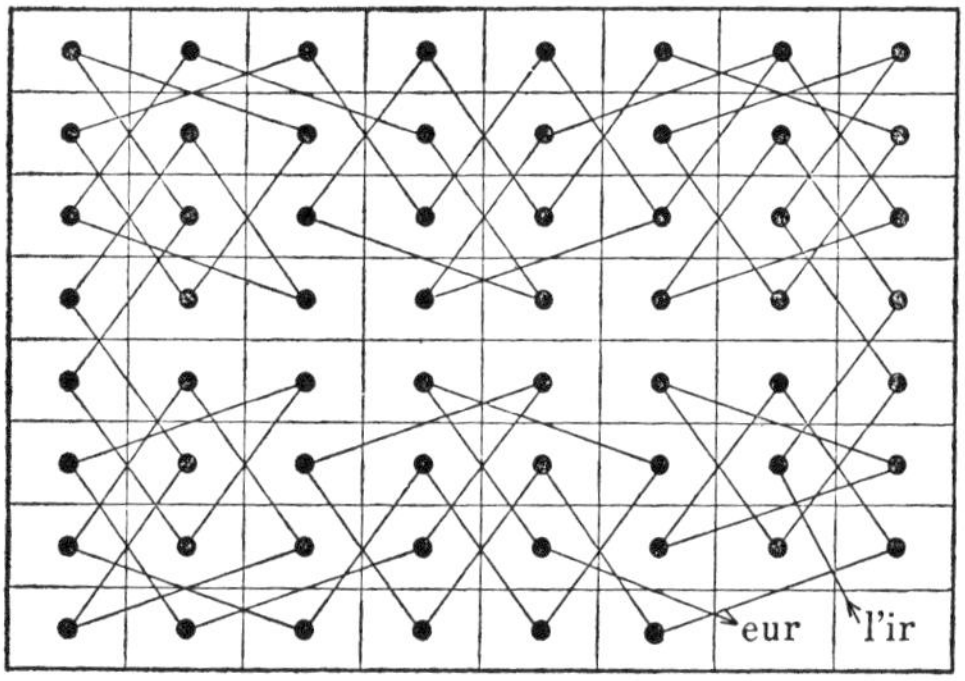

L'iris bleu, c'est la confiance,
Le jasmin blanc, c'est le plaisir,
La violette est l'innocence,
La pensée est le souvenir,
La scabieuse est le mystère,
La fleur d'oranger, la douceur,
Le terraspic est la colère,
Et l'anémone, la candeur.

右上下對照の鋭い形象を見せてゐる。「青い菖蒲《イリス》、それは信頼。白い素馨《ジャスミン》、それは歡樂。菫は無邪氣。三色菫《パンセ》は想ひ出。松蟲草は神祕。香橙《オレンジ》の花は柔和。木立紫麝香草《ラヴェンダー・スパイク》は憤怒。アネモネは率直」と紫を基調に白い花を配して芳しい幻影を齎してくれる。テラスピックは普通の辭書には現れないが、Lavandula latifolia vill. ラヴェ

ンダーと同じ唇形科植物で、俗稱スパイク。スパイクから採る花精油も芳香あり、ラヴェンダー油の代用、補充に用ゐる。碁盤目の中に男・女各性の冠詞 le, la が鏤められ、その數十三に及ぶのも、いかにもラテン系の文字遊びの感溢れる眺めではある。勿論その氣になつて作るなら、たとへばヴィヨン「疇昔の美姫の賦」を配するに、「去年《こぞ》の雪」にちなんで二重六角形を六つ絡み合わせ、形象詩《カリグラム》を兼ねた軌跡パズルを創作することも可能だし、ヴェルレーヌ「秋の歌」を一字づつたどると落葉の形が浮び上つて來るやうに拵へるのも大した手間ではない。曲線の代りに細《こまか》い角を綴るのは、たとへば手藝の絽刺しや、方眼紙を利用しての影繪の要領と大差はない。そして、私が出《で》會《くわ》してゐないだけで、もつと巧緻大膽な作例が、既に數多現れてゐるかも知れない。フランス人はかういふ遊びにも言葉の美に才智を傾けるものだ。

山併又无
山有有是非
山西深遠洒水无深
山對望家住溪消清閑源
山相迷月明人徊騎難彼
山被高不徘宿馬處
山識路帳意風
山幃美光

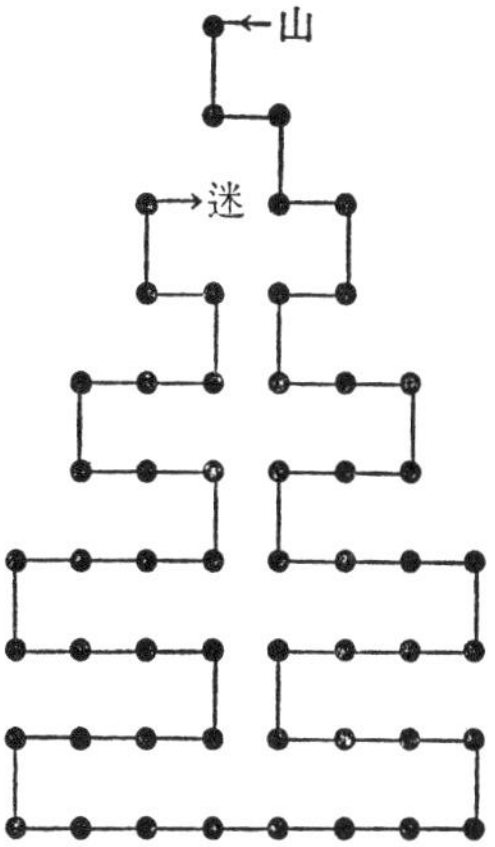

耶馬臺詞よりやや單純で、一種の形象詩の趣を具へたものに「水勢文」がある。上からうねうねと蛇行しつつ下に及び、また蛇行上昇する過程は、化學實驗室の試驗管やレトルトに見るH_2Oの性質と酷似し、その意味で擬カリグラムと言へる。詩は順讀すると「山山相對望山西　家住深山有遠溪　消洒有山併有水　清閑无是又无非　深源彼處風光美　意馬難騎宿帳幃　山路徘徊人不識　山高明月被山迷」となり、書流すと全く目立たぬ「山」が、すべて各行頭に現れ、八行の長短自體が山形を成す。これも外見上のカリグラム的特性と言つてよい。むしろこの方が電光型や亞字欄樣の軌跡を成すより、よほど制約が加はり、目に見えぬ技巧と細工を要

山秋葉落
山春開花發空
山迎連峯報佛心亦
山高近都率內院土進空
山閑表華藏世界地醒寂
山平幽源化佛惱亦
山夏涼風煩寂
山多素雪

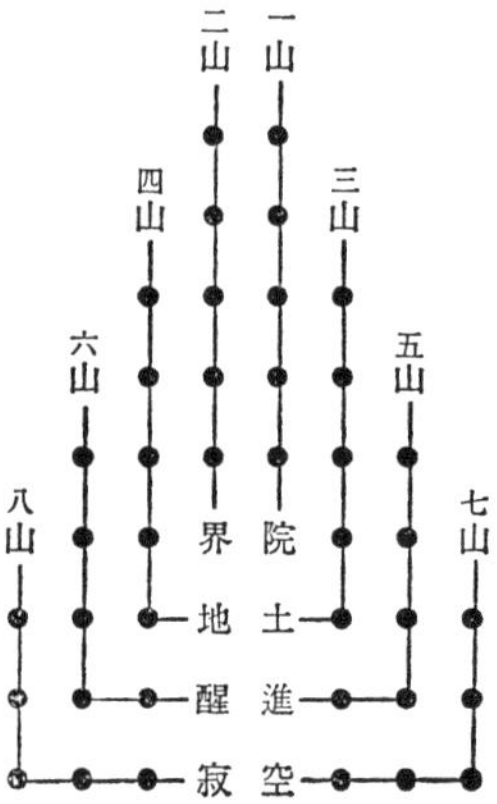

求されるだらう。尤もその制約下にものされた詩ゆゑ、平板常套退屈至極で、凡作の印象は免れない。これで唐詩選の面影を寫すくらゐの山水詩であれば、どのやうに愉しからう。

右は「山形詩」と呼ばれ讀む順序も峯峯を登り下りつつ八山をきはめるかたちとなり、水勢文ほどの曲はなく、當然技巧も前者に比して容易なだけに、前後各二行に山の春秋、夏冬を配し、中央には山の偉容、佛敎的法悅が謳はれ、なみの技法ではない。逸話には、紫野大德寺一休宗純が高野山參詣の時の卽興作と傳へてゐるが、あながち排する根據もなく、また彼の名を汚すやうな作品とも思はれない。山形詩も彼なら作つてもをかしくはあるまい。

山里放光
山瀧吟落碧三
山海浪高船片雲祉
山廟第一扶桑神片張景
山客成群數萬人輪塵春
山樓鐘動月輪惱宮
山水洗流煩本
山花猶馥

これも亦傳一休作、讀順は前者に同じく、右から、第七・五・三・一・二・四・六・八番の順になり、七言詩八行五十六字の勘定である。佛敎臭やや薄くなり、またこの詩は四季を追はず、山を中心とした風光の變化をパノラミックに描寫してゐる。三行四行の終りが片片、輪輪となるところも視覺と聽覺に快感を與へる。ちなみにこれは一休が三熊野詣での時の作で、青岸渡寺に奉り、役僧の諮問に答へて、北宋の蘇東坡に徑山寺詩あり、これに倣つての戲作と答へたとか。一休の言ふ徑山寺詩とは、次に配す五言詩で、讀順は七五三一二四六八、すべて五言になるやう調節するのは前二例の七言山形詩に準ずる。一讀、素人目には一休作の七言詩の方がヴォカブラリーが多彩で修辭も達者なやうに見えるが果してどうであらうか。五言毎に「山」が繰返されると、いかに名家の手に成つたものでも、小うるさく感じるのだらうか。形象に左右され頭韻を決められての作詩は相當な難行であらう。同情に値する。

「峯聳碧空」は德川家康が文祿三年（一五九四）高野山參詣、大德院に宿つての作と傳へる。三月四日、山は晩春の青黛に彩られてゐたらう。左は家康の帷幄に參劃した圓光寺學校の儒者三要閑室元佶《げんきつ》の作、家康の高野詣でにも扈從してをり、この時は長さ一尺五分、十本骨の白扇の面に家康の詩を、裏面に自作の和韻を認《したた》めたといふ。時に家康四十二歳、元佶三十六歳、山形詩の形式がそれほど流布してゐたことをものがたる一例であらうか。元佶の唱和さすがに卽かず離れず心を盡してをり見事だ。

「鹿島神託驅馳如神」に始まる八言詩山形は十四世紀の僧乾山士論の作、十三

山僧
山鳥愉詣
山雲飛片僧山
山遠路又深片飯客
山花挼樹村燈吟尋
山草緣澄樹山
山猿抱遶
山客

峯寺峻嶮
峯有護摩魔雖
峯這乾竹獨尊退難
峯聳碧空點不塵佛散進
峯頭石徑更巡々神因身
峯只扶桑行者緣淨
峯無邪法性青
峯閱胸中

峯分百億
峯念胎金邪安
峯中童子現聖亦諸
峯月照時風拂塵者正佛
峯々司北向南巡神因身
峯上後君驅鬼兼宮
峯行順逆果妙
峯是如來

大坪比丘
從今傳授能乾
此規矩萬古知擇山
進退周旋自由相未其士
鹿島神託驅馳如神馴臻人論
清水示現見化白馬鐙良綿贊
往來曲直本縁鞍不聯之
唯言狡猾牧地致像
是後千歳必壽
京兆禪門

天嵐通陸
天煙不絶長石
天是武列魂日久石
天
角面向不背角本代石
嚴窩太微山家殿張石
天頂八王守君雲石
天霞不消白石
天星交月

山
開滿
桃山杏
山好景山
來山客看山
裏山僧山客山
山中山路轉山涯

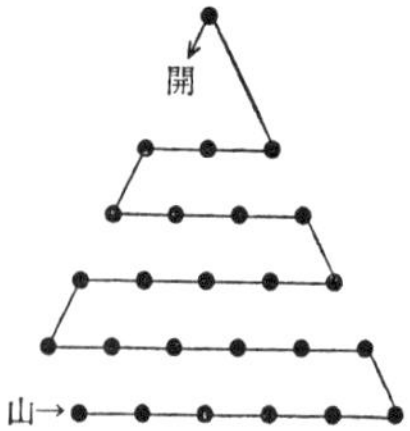

世紀の名僧道禪入道の壽像の贊として作り、この八十字は傳にもなつてゐる。「唯言狡猾牧地不良」「從今傳授能擇其人」等含みの多い文言であり、漢文とは、かういふ複雜なニュアンスを簡潔に述べ得る稀有の言葉であり文體であることを痛感する。畫像の贊としては珍しく、またなかなか效果的であつたらう。終りの二行で目的を明らかにし自署に代へてゐるところも行屆いたことだ。

頂上に「天」を頂くのは十七世紀初頭の徳永種久が創作した。天守閣をかたどり、最下部に六箇の礎石を積み、これまたカリグラムの範疇に入れてもよい異色作である。頂天は再讀、「天角面向不背角　天嚴窩太微山家　天是武列魂日本　天頂八王守君殿　天煙不絶長石石　天霞不消白石石　天嵐通陸石石石　天星交月石石」となる。作詩は五月雨の頃、降りこめられてつれづれのあまり、江戸城によそへて試作したものと傳へられてゐる。いかにも閑暇を得た、いはゆる文武兩道の人の考へさうなアイディアだ。

「水勢文」に對してこれは「火焔文」と呼ぶ。「山中山路轉山涯　山客山僧山裏來　山客看山山景好　山桃山杏滿山開」と、主題は「山形詩」で見飽きた「山」である。火焔を稱するからにはせめて紅葉なり紅蓮なりを詩中に象嵌する才覺がどうしてはたらかなかつたかと望蜀の感しきりである。

仙中羽我諒誰有處此居翎
滔順意过平生今暫修
滔此類渾時得若人
滾浪銀花賽白珩
海洋東到歸看
夜達溪坑看
畫分无行
天一氣
先本
水

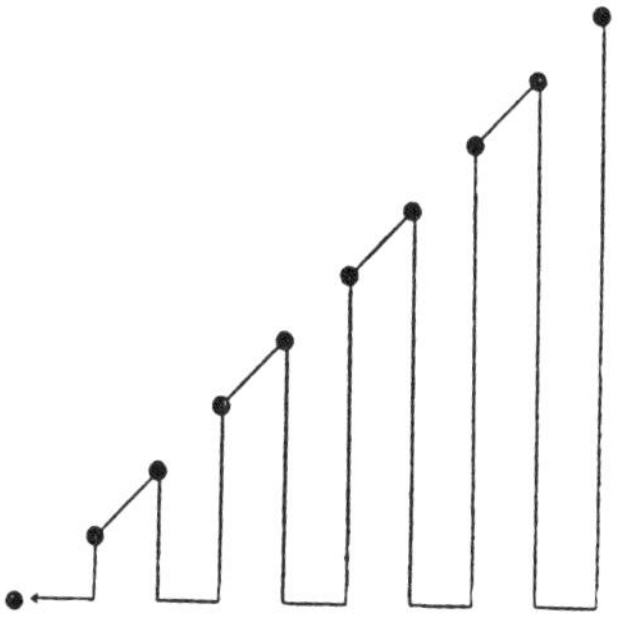

「令字旗」と呼ぶ。「仙中羽我諒誰有　處此居翎修暫今　生平过意順滔滔　此類渾時得若人」の順に讀む。「仙」の一字が餘つて旗印の形を迫眞的にしてゐるのもほほゑましく、詩句もなかなか美しい。

八、形象詩と詞繪

日・月・火・水・鳥・魚・馬・龜・人・母・目・耳・皿・鼎等等、象形文字、すなはち繪文字こそ、實は文字の原點であり故郷であつた。馬《ま》と發音し、あの獸の姿を思ひ浮べ、その姿を描くことが、そのまま文字となつて言葉を定著表現することになるこの合理性、人は、あるいは限定して漢字使用者は、形あるものすべて、象形文字としたかつたことであらう。漢字の持つ魅力は、非象形文字さへ、慣用されることによつて、その意味を視覺化するところにあらう。「窈窕《えうてう》」「鬱蒼《うつさう》」「玲瓏《れいろう》」「靉靆《あいたい》」「燦爛《さんらん》」「朦朧《もうろう》」等の抽象語すら、その形容詞にふさはしい狀態を形として幻覺させるのだから、まして、「薔薇《さうび》」「麒麟《きりん》」「蜻蛉《せいれい》」「檸檬《れもん》」「鳳凰《ほうわう》」が、その色調、生態までありありと想像させるよすがとなるのも、いささかも不思議ではない。不吉な意味を持つ文字、汚辱、罪惡を指す文字は、その字自體が、負の幻像をなして人をおびやかす。漢詩唐詩はその意味で、すべて廣義のカリグラムに他ならず、漢字表記の佛典經文も同樣と考へてよい。經文で埋めた人肌に、死靈が憑《つ》く術《すべ》知らず退散する故事など、この證《あかし》とも言へよう。

篆書體、隷書體の象形文字は省略の妙を得た繪畫と異らぬ。淡青の地に藍・緋・黃・黑等の顏料で篆書體の「鳥」を十字ばらまく時、それは同字反覆の詩であると同時に繪畫としても鑑賞に耐へる。これこそ「形象詩」の最初であらう。同時に最後もここに還るかも知れぬ。意味と形の一致、幻像《イメージ》をそのまま、言葉として、形象化する方法を、アルファベット圏の人人さへ、敢へて試み、挑み、幾つかの秀作を世に傳へた。それ自體は、すでにいかなるものの形も意味しなくなつたアルファベットは、これを點に還元し、それの連續を線に見立て、意味する形を線畫化する他はない。

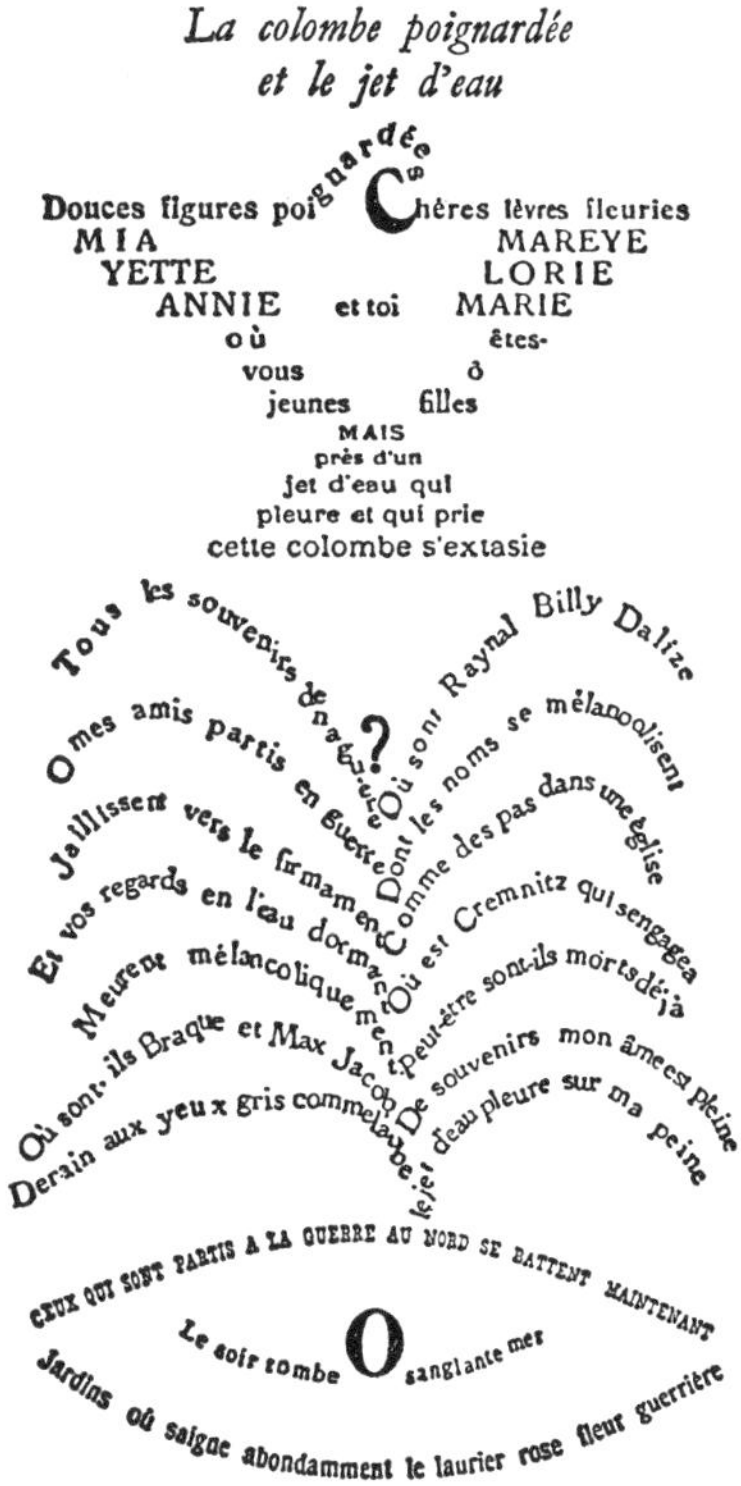

刺殺された鳩と噴水

ギィヨーム・アポリネール　堀口大學譯

刺殺されたやさしいおもかげよ
花のやうななつかしい脣よ
ミヤよ　マレイよ
イエットよ　ロリーよ
アンニーよ　さうしてお前　マリーよ
君等は今どこにゐるか

おお　若い娘たちよ
ああ　それなのに
噴水のかたはらで
祈つたり泣いたりする
この鳩はうつとりする

そのかみの日の思ひ出よ
戰爭に出た私の友達よ
眠る池水の中から
君達のまなざしが天に吹き上《あが》り
次いでさびしげに落ちて來る
ブラックやマックス・ジャコブは何處にゐるか
夜明のやうな灰色の眼をしたアンドレ・ドラン
　は何處にゐるか
レナール　ビリー　ダリス達は何處にゐるか
寺院の中に鳴りわたる足音のやうな
その名を思ひ出すさへ心はくもる
志願したクレムニッツは何處にゐるのか
今では皆が死んでゐるかも知れないのだ
ああ　思ひ出に私の心は一ぱいだ
ああ　噴水が私のなげきの上に泣く

戰爭に出た彼等は北の方でいま戰つてゐる
夕ぐれがおりて來る　おお　血のやうな海
戰の花　月桂樹《ラウリエ》がおびただしく血を流す
この液體の庭のなか

形象詩として最も有名なこの作品は、一讀すれば明らかなやうに厭戰・反戰の叫びを底籠らせたレクイエムであつた。私は後の世の、プレヴェール作「バルバラ」と響き合ふ切切たる悲調をも聽く。アポリネール自身、外國人であるにも拘らず、志願兵としてニームの砲兵隊に入り、フランスのために戰つた。戰つて頭部に重傷を負ひ、二度切開手術を受けた。亡命ポーランド貴族の娘を母とし、シチリア王國退役將校を父として生れた彼が、愛する第二の祖國フランスへの歸化を許されたのは、一九一六年三十六歳のことだつた。「刺殺された鳩と噴水」を含む詩集『カリグラム』が上梓されたのは、その二年後である。噴水の最上段のしぶきの右方、その終りに見える〈Dalize〉、すなはちルネ・ダリーズ（大學譯ダリス）は、モナコの中學以來の刎頸の友であつたが、大戰中に戰死した。『カリグラム』は亡き友の靈に獻《ささ》げた詩集であつた。アポリネールはこの年の初冬に、猖獗を極めたインフルエンザ、所謂「スペイン風邪」に命を奪はれる。一九一八年十一月九日。そして二日後に休戰の喇叭が響き渡つた。刺し殺された鳩が喪はれた平和を意味することは言ふまでもない。噴き上げる水の上で、翼を擴げて不安定な靜止を强ひられてゐる鳩、その鳩の頸は「なつかしい脣よ《シェール・レーヴル》＝Chères lèvres」のCであり、噴水の下の、眼の形の池の瞳孔は、「お《オ》お、血のやうな海《サングラント・メール》＝O Sanglante mer」のO《オー》になつてゐる。眞似てさまざまのヴァリエーションを作るのはいと易からう。だがこの鳩と噴水の魂の形象は決して模寫し得まい。

詩集『カリグラム』に見る目も彩な形象は、思はず微笑を誘ひ、心の中で拍手喝采したくなるやうだ。「マンドリン、石竹《ウィユ》と竹《バンブー》」は、三つのO《オー》を節《ふし》とした尺八様の竹の上に、楕圓に柄をつけたマンドリン形の詩句と、マンドリンより大きな石竹形の詩句一莖、これはやや亂雜な手書のまま收められてゐる。「雨が降る」は五行の詩句が、あたかも日本文を思はすやうに、縱綴りに書き流される。活字體の小文字の連續は、不揃ひな黑胡麻の粒さながら、しかも左から右へ、斜に歪みつつ降り下る趣は、凝つたものだと溜息が出る。「ネクタイと懷中時計」は詩句が襟刳《えりぐ》りとネクタイの形を綴り、時計は環を上に圓周と長・短針がすべて單語で描かれる。そして、それらの一切を樂しんだ後、「刺殺された鳩と噴水」が群を拔いた秀作であることを知る。

ピエール・ギローの『言葉遊び』（中村榮子譯）によれば、カリグラムの名附親はアポリネールであるが、この試みは、たとへばラブレーの『ガルガンチュア』第五の書に「德利明神」の件《くだり》があり、ここで作者は酒壜の形に詩句を書き並べ、德利の德を稱へてをり、また前世紀には、ニコラ・シリエと呼ぶ印刷業者が、大小樣樣の活字を鏤めて、「印書術による眼」なる形象詩を拵へたといふ。この詩、ラテン語・ギリシア語・フランス語・ヘブライ語・英語等、五箇國語以上を驅使し、一つの眉と一つの眼をかたどる。眼には瞼も瞳孔もある。眉毛にはラテン語で、ルカ傳の「汝の身の燈火《ともしび》は目なり、汝の目正しき時は、全身明《あかる》からん。されど惡しき時は、身もまた暗からん。この故に汝の内の光、闇にあらぬか、省みよ」を書きこみ、これが三十四、三十五節であることまで表示する。續いてマルコ傳第六章から「人人、盲人《めしひ》を連れ來りて、觸り給はんことを願ふ。イエス盲人の手を取りて、村の外に連れ往き、その目に唾《つばき》し、御手をあてて『なにか見ゆるか』と問ひ給へば、見上げて言ふ『人を見る、それは樹の如き物の歩くが見ゆ』」を、次には第十章から「『わが汝に何を爲さんことを望むか』盲人いふ『わが師よ、見えんことなり』」等を、故意に一部を省きつつ綴り、大きな眼を形成する。目の形象に、目にちなんだ聖句を以てするのは、常識的とも、またいかにもキリスト敎國の印刷屋らしいとも思へる。

ルイス・キャロルと言ふ筆名を持つ英國の數學者、吃で、終生獨身で、少女溺愛癖の天才童話作家は、その傑作『不思議の國のアリス』で試みたのも、アポリネールの先驅をなす「繪詩」の一種と言へよう。中でも二十日鼠の尻尾の形に、上から下へうねうねと、次第に細くなる帶狀、紐狀のセンテンスなど、特筆してよからうし、彼が少女達に書き送つたといふ繪入の手紙は、突然南部盲曆を聯想するやうな、精彩ある「作品」に數へ得るし、繪がいかにインターナショナルな、雄辯な傳達の具であるかを物語る。また、かつて「鼻をにくむ男」の標題で紹介されたエドワード・リア（『ナンセンス詩人の肖像』種村季弘）は、ラファエル前派と親近し、印象派に私淑するほどの畫才により、繪と詩を合體せしめず、一種の「繪詞《ゑことば》」として、簡潔鮮麗な插畫と、不即不離の洒落のめした、機智に富んだ詩句のアンサンブルと、相乘效果を狙つた。「ナンセンス・アルファベット」や「ナンセンス植物誌」など、彼の「言葉遊び」が「繪遊び」との結婚によつて、完璧の域に達してゐるのを知ることができよう。尤も、彼も亦生涯不犯の男であつた。

● ナンセンス・アルファベット〈珍いろはにほッへ〉

「Qは昔かはいい鶉《うづら》、うづうづ、ぺけぺけ、にちにち、うづうづ、ずんぐり尻尾のかはいい鶉」とでも歌ふべきだらうか。〈鶉《タウエイル》〉は全く同じ綴りで「怯《ひる》む」と言ふ意味の動詞にもなることを考慮に入れるべきだらうし、脚韻效果の他に、緣語懸詞が到る處にしかけてあることは論をまつまい。Rの薔薇《ローズ》、Sの海老《シュリンプ》、Tの鶫《スラッシュ》、Uの水甕《アーン》、Vの葡萄樹《ヴァイン》、Wの鯨《ホエイル》、Xのクセルクセス一世、すべてこの傳で、いづれも必ず裏の意味があり、それが擬聲語風囃し言葉に絡んで來る。薔薇《ローズ》＝昇つた（昇《ライズ》るの過去）・如露の口・丹毒、海老《シュリンプ》＝ちび、鶫《スラッシュ》＝鵞口瘡、等等、讀む人の知識次第で、如何樣にも裏の意味が探れるし、時には作者以上の深讀みも可能だ。「ABCのAの字はお遊戲室のお屋根です」風のあどけない唱歌と、ランボーの高名な母音五色を結んだ線上に、更に天眞爛漫な笑ひと、苦く辛い諷刺を含む傑作であらう。AからZまでを、彼は三度試みてをり、千變萬化の插畫と詩趣を味ははせてくれる。創作語尾變化の面白みは、ここに抄出した二度目のアルファベットに盡きる。

● ナンセンス植物誌〈阿呆花苑〉

リアの描いた幻想植物は三十二種ある。豚が穗狀に九頭咲き實る〈Piggiawiggia Pyramidalis＝錐豚草《すいとんそう》〉あるいは、五匹の虎が向ひ合つて花瓣となつた百合狀の巨花が〈Tigerlillia Terribilis＝恐虎百合《きやうこゆり》〉、水差が咲きこぼれる鈴蘭狀の〈Jinglia Tinkettlia＝ちやらりん花《くわ》〉、蘂がソファに變つた海芋〈Armchairia Comfortabilis＝安樂椅子カラー〉、蟹が一匹咲き垂れた〈Crabbia Horrida＝こはいかに蘭〉、兩手を擧げた六人の赤坊《あかんぼう》を花瓣とする芍藥狀の花〈Queeriflora Babyöides＝妙嬰華《めうえいくわ》〉、スープ壺の咲いた〈Tureenia Ladlecum＝ともえチューリップ〉等等、よくもこんな植物が思ひつけたと思ふ一方、ラテン學名擬きの名のつけ方、語尾變化の妙が微笑、苦笑、哄笑を招く。英語の達人が翻譯の妙を競つたら、もつと美しい命名を試みれば、目も彩な植物史が編めるだらう。

殘る幾つかも有志に依賴したい。私案は〈Manypeeplia Upsibownia＝衆垂華《しうすいげ》〉〈Fishia Marina＝海魚草《かいぎよさう》〉〈Cockatooca Superba＝鸚鵡《あうむ》菖蒲《あやめ》〉〈Guittara Penslis＝ギタリリス〉〈Baccopipia Gracilis＝煙管《きせる》擬《もど》き〉〈Shoebootia Utilis＝沓靴《くつくつ》葛《かづら》〉〈Enkoopia Chickabiddia＝鳥屋菜《とやな》〉〈Bassia Palealensis＝瓶黍《びんきび》〉それにしても、たとへば「西遊記」にはたしか、嬰兒が木の實のやうに生《な》り下る妖樹が現れるし、歐洲古譚にも奇花アラウネが現れ、人の考へることは似たやうなものだ。リアは鼻が異樣に大きく、生涯劣等感に苛まれたと傳へる。十二、三世紀の天台座主《てんだいざす》、「愚管抄」作者、新古今歌人、慈圓も亦巨鼻を恥ぢ、一生不犯であり、同時に狂言綺語を好んだ。その斬新珍奇な修辭については、後鳥羽院すら舌を巻き、特筆してゐる。ルイス・キャロルをも含めて、肉體上のコンプレックスと童貞と奇語趣味とは、何か關聯するところがあるのだらうか。

それを詩と呼び得るなら、記號を、それも一と）を規則的に積み重ねただけのモルゲンシュテルンの「魚の夜の歌」も、立派なカリグラムの中に數へられるだらうが、それはさておき、ボワロー以外にも先蹤は、そのかみの日にも間歇的、散發的に西歐には生れてゐた。十七世紀中葉フィレンツェの美術家ステファーノ・デラ・ベラが制作したRèbus《レブス》＝判じ繪は、愛の箴言を繪解して楕圓鏡形に描き、それに先立つてフランスに生れてゐたこの種の寓意畫は、歐洲の各地で好まれ、數數の金言格言繪解が流行發達する。ただこれらは既成の、傳承の言葉を繪にするだけで、創作詩ではない。また見せようとする對象も、文字に緣遠い末端階級まで含んでゐた點盲曆に通ずる。

Q

q

Q was once a little quail,
Quaily
Faily
Daily
Quaily
Stumpy-taily
Little Quail!

R

r

R was once a little rose,
Rosy
Posy
Nosy
Rosy
Blows-y—grows-y
Little Rose!

S

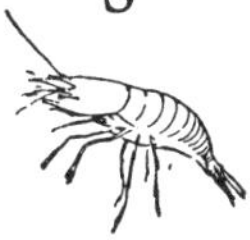

s

S was once a little shrimp
Shrimpy
Nimpy
Flimpy
Shrimpy
Jumpy—jimpy
Little Shrimp!

T

t

T was once a little thrush,
Thrushy!
Hushy!
Bushy!
Thrushy!
Flitty—Flushy—
Little Thrush!

U

u

U was once a little urn,
Urny
Burny
Turny
Urny,
Bubbly—burny,
Little Urn.

V

v

V was once a little vine,
Viny
Winy
Twiny
Viny
Twisty-twiny
Little Vine!

W

w

W was once a whale,
Whaly
Scaly
Shaly
Whaly
Tumbly-taily
Mighty Whale!

X

x

X was once a great king Xerxes,
Xerxy
Perxy
Turxy
Xerxy
Linxy Lurxy
Great King Xerxes!

Y

y

Y was once a little yew,
Yewdy,
Fewdy
Crudy
Yewdy
Growdy, grewdy,
Little Yew!

ナンセンス・アルファベット

ナンセンス植物誌

Shoebootia Utilis

Guittara Pensilis

Tigerlillia Terribilis

Jinglia Tinkettlia

Crabbia Horrida

Manypeeplia Upsidownia

Cockatooca Superba

Piggiawiggia Pyramidalis

Baccopipia Gracilis

Bubblia Blowpipia

Bassia Palealensis

Tureenia Ladlecum

Fishia Marina

Queeriflora Babyöides

Enkoopia Chickabiddia

十九世紀半ばのグランヴィーユは「人間的植物群」で、草の葉や蔓や花を文字の形に曲げ、靡かせて言葉を綴つた。植物の擬人化乃至、そのための擬文字化を試みた例としては、革命的才人と言はれてよからう。文字の擬人化なら十七世紀イタリアのブラッチエリが、ピエトロ・メディチに獻じた人體アルファベットも、素樸ながら普遍性があり、懷しい。両手を頭上に差上げてスカーフを引張つたシルーエットを「T」とするなど、肘立て伏せをした形を「へ」とする和様アイディアに似てゐる。

アルファベットの一字を紹刺し刺繡の方眼の一齣に代へ、一つづつ潰しながら、文章や詩句を、その主題の形に綴つて行く方法もカリグラムの中に入れてよからうか。十八世紀ドイツのヨハン・フリッシュの文字熊などもその傑作であらう。繪は文字を用ゐぬ詩、詩は雄辯な繪と説いた彼は、美術と詩歌の渾然一體となる一瞬を夢みてゐた藝術家の一人だつた。黄道十二宮の人獸の形を文字で埋め、星座百科辭典「フェノメナ」を描きかつ編んだ紀元前二世紀のギリシア詩人アラトゥスは、末の世に脈脈と傳はりつつ、しかも容易に最盛期を迎へぬこの詩畫一如美術を、齒痒い思ひで他界から眺めてゐただらう。

東洋にも河圖、洛書、道教護符等、鮮麗怪異な文字繪は盛に創られて來た。李朝はその華の時代であつた。道德教育の手段として、啓蒙を第一義として用ゐられてゐたにも拘らず、その形象の美しさは息を呑むばかりのものもある。龍がとぐろを卷いて「中」、この尾を鯉が呑んで「心」、併せて「忠」を現すものを初めとし、信・孝・悌・禮・義・廉・恥すべて禽獸草木をあしらつて圖案化し、魅惑的な繪文字を創り出してゐる例もある。

草假名に蘆手を驅使し、漢字揮毫に飛白體を跳梁させた和様の傳統は、天神の字を繪畫に生かし、草書の「梅」の最後を跳ね上げて枝に見立て、これに花を描き添へる。文字繪は民間の宗教や呪《まじな》ひに結びつき、歳時に、殊に祭禮や冠婚葬祭儀式に、思はぬ時、所で姿を見せる。「よろづほどのよ木じひふか木しようじ木」を幹とし、「かせ木・いさぎよ木」「ぬけめのな木」等十本の枝を持つ木の根元に、恵比壽・大黒天が控へ、枝もたわわに大判、小判が實つてゐる「金の生《な》る」木繪は、「開運出世福神」「家内安全和合」の謳ひ文句を飾つて、火の用心札と共に庶民の家の壁に麗麗しく貼られる。近世となれば「へのへのもへじ」の人面に見るやうに、平假名の曲線を利用して、種種様様の下世話な文字繪を作るが、詩歌文學とは所詮別次元の、むしろ狂歌川柳等諸謔を主題とする世界で榮える。

漢字が非象形文字にまで「物象」を幻覺させたより以上に、日本の「家紋」の紋様は、「言葉は繪」の、兩者の錯綜現象を感じさせる。花骨牌の花鳥風月も亦、より雄辯に四季を歌ひかつ語る。文字繪とまでは言へぬにしても草假名調和體の一筆書き、曲書きで、裏見、倒立等を交へて、たとへば後撰の秋の歌を「龝風《あきかぜ》の吹くにつけてもとはぬかな荻の葉ならば音はしてまし」アラベスク様の軌跡を描いてしたため、まさに荻や蘆や秋草の風に靡き亂れる様を現してゐる例もある。同様左字や逆様を混じた太書細書を交へ、四首の富士山の歌を書き連ねつつ、富士の形になしおほせた例もある。

小澤蘆庵は冷泉爲村に學んだ十八世紀末の代表歌人の一人であつた。士籍を殊更に棄てたり、師に破門されたりして、したたかな反骨の志の仄見える人物だが、七十五歳で天明の大火に遭ひ、京から太秦の十輪院に寓居を求め、ここで阿字冠旭日形三十二首を創つた。これは中央に梵字の「阿」を描き、これを冠字に放射狀に、三十二首の釋教歌を規則正しく書き連ねたもので、あたかもひろげた傘を上から見おろした形になる。全部平假名三十一字、初句の終り、すなはち五字めを濃く書いてあるので、これが太陽の圓に見え、後二十六字の線は、三十二本の光線、それはそのまま彌陀の背光となる。これなどいかにも佛教國のその時代にふさはしい平假名カリグラムではあるまいか。

農家の軒先に「地玉子あり〼」の紙が貼られ、子供の謎謎遊びに「七」の上部をわざと缺いて「上野傳七」の答を用意し、「口」を「田中十內」と讀ませるのも文字をデザインとして見る素樸な一例であつた。毒藥の壜のラベルに骸骨を白白と交叉させたり、戀人同士を諷するに傘なる象形文字の略體の下に二人の名を書き、あるいは心臟形に矢を刺して、思ふ人の名を書き入れるのも、和様兩様の、無意識の繪文字事始と言つてよからう。南部盲曆は、痛切な必要が母となつて生れた發明的な斬新な意匠に他ならぬ。まさに必要は様様の新様式を發明した。

文字繪狩野常信作「梅」　筆者改作

秋草樣一筆書き（古筆・筆者翻案模寫）
「飆風のふくにつけてもとはぬかな……」

地圖は、その平面鳥瞰圖自體、まこと雄辯な繪ではなかつたか。綠黄褐の陸地、濃度を增すに隨つて高みを示す。青色系の湖沼海洋、濃度を增すに隨つて深みを加へる。火山の朱の三角、砂粒は砂漠、鑛山は鶴嘴、油田は井桁、溫泉は湯煙、舊跡は三つの點、凸の下部無しは古城、單純錨は漁港、卍は寺院、鳥居は神社、更に鐵道、地區境界、道路等等等、記號の大方は象形文字同樣の働きを具へてゐた。

地圖はある時精密なカリグラムである。架空王國、幻想私有地などを地圖化するなら、山には淡綠、深翠で無數の　大小とりどりの樅・橅・楝・椿・栂を書き入れるがよい。海には朱の鯛、青い鯖、臙脂の鮪、白い烏賊を浮かべ、野にも七彩の花花の名を鏤める。この上なく豪華な形象詩が出現する。

言葉、すなはち詩歌・物語のたぐひと、それを視覺化したものの幸福な結婚は、繪詞《ゑことば》、繪卷物、繪草紙、繪本等となり、日本でも平安朝以後數數の模範、典型を見ることができる。思ふにこれらこそ、言葉と繪の最も自然な結びつきであらう。また、無いものねだりに似た理想論を言ふなら、眞に傑れた文學作品は、挿繪の力を借りずとも、自然を、人生を、そこに生れる劇を、可視的現實以上に精彩ある筆緻で活寫するものだ。一方完璧な美術作品は、それ自體十全な、獨特の世界を内包具現し、言語による補足や說明を拒むだらう。まして文字を使つて繪を描き、繪にもの言はすかの技巧を弄するのは、藝術の埒外の慰みに過ぎず、二兎を追つて一兎も得ぬどころか、みづから設へた罠に陥つて足を傷つけるたぐひだ。

だが、人はそのやうな常識乃至定石的良識をせせら笑ふかに「遊び」に熱中する。詩歌を控へめに飾つた「畫贊」の、あの淡淡としたアンサンブルの醍醐味、高名な物語に據つた巨匠の插繪風豪華畫集の絢爛たる世界、これらの樂しみをも、おのづから別の世界として、繪文字、文字繪、カリグラムの新分野開拓、あるいは埋れた古典の再發見と復權は飽くことなく續けられるだらう。

象形文字を日常茶飯に、贅澤に用ゐる東洋人の、中のわれわれは、この點更に新しい領域を拓くべきだらう。漢字が刻刻と亡びつつある今日、なほさらこれが、美しい國語の保存と革進の上でも肝要な問題であることを痛感する。遊びと樂しみを禁じ、白眼視する「革新」も「改正」も、決して佳い實を結ぶことはない。

九、幾何学形詩

春山行夫の作品「白い少女」は、その言葉を百十二回繰返してゐる、といふ傳説がある。實際は、昭和六年四月十五日、厚生閣書店發行『詩と詩論』第四册に初出掲載の春山行夫作「植物の斷面」の第三聯に相當する部分には、「白い少女」が一行七回十六行計百十二回、明朝九ポイントの活字で印刷されてゐる。第百二頁と百三頁の見開きで、詳しく言ふなら右頁に十二行、左四行、左頁の餘白には「ある種の植物について」と小さくタイトルしてカットが一つ、それは不等邊五角形の中に、コンパスと雲形定規を活用して描いたかと思はれる抽象的な圖形が納まつてゐる。カットと言ふよりこれも作品の一部分であり、タイトルに即して熟視すると、洋風蕨手《やうふうわらびで》とでも呼ばうか、蝸牛殼《コクレア》に尻尾の生えたやうなほほゑましい形にもなつてゐる。白描ゆゑに、蕨、もしくは獨活《うど》の斷面圖にも見え、「白い少女」と呼ぶフローラ的人間が、あたかも早春の植物の芽のやうに見えて來る。

同義短句を機械的に並列して、その整然たる文字の群のデモンストレーション效果に期待したといふ點では、いはゆる「フォルマリスム」詩の典型であり、その最初の、劃期的な一例と見てよからう。活字印刷の美術的效果に恃んだ詩作品は一九三〇年代に無數に現れる。その極限と思われるものの一つに、萩原恭次郎の詩集『死刑宣告』を數へてよからう。大小様様の活字を右向左向斜と、まさに「アナーキー」に羅列、錯綜、亂舞させ、そこに一種無氣味な、破壊的な迫力を生んだ。手書きにしても一工夫を要するこの畫面（?）を、活字印刷するのは大變な努力であつたらうと同情するが、決して見事な技術でも處理でもない。現代の進歩した印刷技術なら、比較にならない鮮麗な美的效果を生んだことだらう。もつとも、著者自身の辯によれば、この詩集は、できることなら襤褸や鐵片や針金や硝子屑等をも素材に用ゐて一見慄然たるものにしたかつたと言ふ意味の件《くだり》もあり、さうなればこれは「オブジェ」の範疇に屬することになる。讓つて見直せば、粗惡稚拙な印刷

春山行夫「植物の斷面」より

白い少女　白い少女　白い少女　白い少女　白い少女　白い少女　白い少女
白い少女　白い少女　白い少女　白い少女　白い少女　白い少女　白い少女
白い少女　白い少女　白い少女　白い少女　白い少女　白い少女　白い少女
白い少女　白い少女　白い少女　白い少女　白い少女　白い少女　白い少女
白い少女　白い少女　白い少女　白い少女　白い少女　白い少女　白い少女
白い少女　白い少女　白い少女　白い少女　白い少女　白い少女　白い少女
白い少女　白い少女　白い少女　白い少女　白い少女　白い少女　白い少女
白い少女　白い少女　白い少女　白い少女　白い少女　白い少女　白い少女
白い少女　白い少女　白い少女　白い少女　白い少女　白い少女　白い少女
白い少女　白い少女　白い少女　白い少女　白い少女　白い少女　白い少女
白い少女　白い少女　白い少女　白い少女　白い少女　白い少女　白い少女
白い少女　白い少女　白い少女　白い少女　白い少女　白い少女　白い少女
白い少女　白い少女　白い少女　白い少女　白い少女　白い少女　白い少女
白い少女　白い少女　白い少女　白い少女　白い少女　白い少女　白い少女
白い少女　白い少女　白い少女　白い少女　白い少女　白い少女　白い少女
白い少女　白い少女　白い少女　白い少女　白い少女　白い少女　白い少女

技術や素材も、元から計算濟の效果のためだつたかも知れない。

幾何學的構圖も示さず、カリグラムとも緣は遠いが、活字の排列の視覺的效果に、その表現技法の半ばを委ねた作品例として、北園克衞のものを想起する。感覺の表層をかすめて過ぎる鋭利で新鮮な印象は、たしかに一つの世界を獲得してゐたが、その世界が「情感《ムード》」以外のものを滿たしてゐなかつたのも事實であらう。詩は、この場合半ば意味不明な意味を傳へ、一方で挿繪、それもノン・フィギュラティフ繪畫の役目を果してゐた。選集、詞華集、其他に引用移籍され、組み方が變つた途端、その價値も半減するのがこの種の詩作品の宿命である。

一定の長さの詩を、殊更に行變へせず、句讀點をも省いて書き流し、そこに獨特の懶《ものう》く遣瀨ない情緒を湛へる例として、木下杢太郎の「抒情小吟」を擧げることができる。だがたとへばあの中の「むかしの仲間」にしたところで「むかしの仲間も遠く去ればまた日ごろ顏あはせねば知らぬ昔と變りなきはかなさよ春になれば草の雨三月櫻四月すかんぽの花のくれなゐまた五月には杜若花《かきつばた》とりどり人ちりぢりの眺め窗《まど》の外の入日雲」の八十九字分に、作者は一體どの程度の「非改行」を希つてゐたのだらう。初出『スバル』、大正二年十二月にしろ、改行は、餘儀なくしたはずだ。この作品六號で組めば縱二十五糎の長さになる。天地の空きを見てＡ４判以上の紙にならば改行せずに入る。さうするなら、「抒情小吟」はおほよそ二行にわたることはない。作者はそれを理想としたのだらうか。あるいは意味の上では切り得ない箇處で、突然改行することによつて、元來は非改行であることを暗示できればよかつたのか。その邊に關しては、杢太郎研究家の意見を徵する他はないが、それも臆測を出ないだらう。

改行を避けつつ、結果的には各行の並列が矩形、正方形になるやうに按配した散文詩作品が、その後散發的に、しかし夥しく發表された。現代詩人のほとんどが、いはゆる「自動記述《オートマティスム》」的發想の試作に、この方法を援用してゐるやうだ。言葉と言葉は切れ目がなく、同時に堅密な連結も持たず、ただぬらぬらと溶け合ひ絡み合ふ。夢の再現、無意識の世界の記述には、一應最も適した方法とも考へられる。それゆゑに、ある意味ではこれらも亦、カリグラムの中に數へても差支へないのだ。そして春山行夫とは對照的な、意味性の濃密な作品であるにも拘らず、フォルマリスムの面影を持つてゐる。

灯る曲線

廻轉扉をゆるくおしたら剃刀が雲を
切りおとしてしまうたくさんの神經
をのぼつたりおりたりする春の蛇に
冷えてゆく異國女の脂肪がぬれてる
希臘風の客間の灯る鏡の瞬間にふと
銀の匙を失つた夢を緬羊の瞳の中で
齒磨粉と混亂させては青銅の首をか
ぎりなく溶ける花にうかべ月よりも
上昇する音符に試驗飛行士が衝突す
ると風がわれて葡萄の種子がひかる

夢の翻譯

〈紛失した少年の日の唄〉

金魚が紛失する午後の音譜線を走る
少年は蠟にまみれながらも牧師様の
帽子をこまかくちぎり暖かい卵をさ

かんにぬけ星とぬれた植物の隙間へ
のぼつてゆく伯爵夫人の扇をとろう
と手をのばしたら山羊の乳液があふ
れだし綠の周圍がまるく縮んだかと
思うとたちまち旅行證明書と平行す
る夏の雲よりもはやく待避驛が映る
女醫の水晶の眼鏡へ蛾がおちて間な
くシャボン玉が湧きふりかえる風に
葡萄が灯り首輪のない犬がもうきた

『吉岡實詩集』「液體」より

これら二つの作品計二十二行の中、體言、用言等が突然切られて改行になつた箇處は六つ、すなはち「か／ぎり」「衝突す／ると」「さ／かんに」「あふ／れだし」「平行す／る」「間な／く」だけである。句として完結しないままに斷たれた箇處は「神經／に」「扇をとろう／と」の二箇處、意味の切れ目で自然に改行されてゐるのが殘り十四行、と言へば六割强が、何となく改行の原則を守つてゐるらしい。散文を十六字詰で書き流したのと大差がない。

幾何學的な圖形に詩句を收容する場合、その圖形自體數知れぬほどのパターンが考へられる。但し、活字印刷を前提とする場合は、カリグラムの項でも、それが制限としてつき纏つたやうに、直線、直角の利用活用を手段とせねばなるまい。方眼紙の目潰しによつて可能な圖形であり、それも、詩句を鏤めるとすれば、いくら方眼目潰しと言っても、ジャカード織機によるタピスリーや紋織風のパターンはいささか無理だらう。三角、四角、それも正、二等邊の二種、あるいは矩形を含むこれらの單純な幾何學形の複合を想定するのが自然だ。

　このシンメトリカルな形象の中に詩句を配する時、オートマティスム方法ならば、突然の改行も許されようが、これはまことに容易であり、形に卽して次次と字を追ひこめば濟むのだから、形を造るのには、ほとんど努力も熟慮も必要としないだらう。意味の切れ目以外では絶對改行せぬやう、細心の注意を施しつつ、しかも美しい幾何學的形象を詩句で生む、この造形美術的要素をも含む詩の試作を、私はかねてから夢みてゐた。次に示すのはその試作品の極く一部分である。

　題材は、本歌として六家集の中、藤原家隆「壬二集」、藤原良經「秋篠月清集」そして特に、藤原定家「拾遺愚草」の中から、かねて愛誦の歌を選び、これを散文詩、あるいは長歌風に翻案、意譯してパロディを創つた。難事は「幾何學的圖形」に殉じ、意味の切れ目を改行の契機とする原則を枉《ま》げないため、いかにも無理をした感じ、流露感を缺く文脈にならぬやうにすることであつた。

　疎句の面白さを際立たせるためにも、シンメトリカルな左右の對照、詩句の照應に腐心した。ここに掲げることを割愛した作品は、ほとんど單純な矩形の組合せであり、文體は漢詩和訓調や今樣連續調が多い。「言語遊戲」的内容は、むしろ割愛作に豐であつたが、この度は形象に重點を置いたため省いた。凪へば、定家・良經・家隆の活躍した十一世紀末、十二世紀初頭は、高度の言語遊戲の華の、撩亂と打開いた「狂言綺語《きやうげんきぎよ》」の時代であつた。私のパロディと本歌の間は、意外に近いと言つてもよい。そして形象詩のその源には、源順の雙六盤、碁盤の超絶技巧作品が存在することも忘れてはなるまい。彼ら俊英の詩才は、七世紀の星霜を隔てて、今日なほひしひしと詩歌に關る者の心を搏ち續ける。

秋
戀の
終りも
待たずに
人は去つた
他の誰を今更
愛するのだらう
身はいづれ水の性《さが》
火の性移ろへ移ろへ
風は吹く脆い心に散る
萩の花は墓の形につもる
透き透きの枝の彼方に
夢の形見の空の夕暮
霜の降るひびきが
聾《し》ひた耳を打つ
賴むなと言ふ
人の言葉に
應へつつ
消える
白い
露

たのまずようつろふ色の秋風にいざ本荒《もとあら》の萩の上の露
家隆

今
でも
貴方は
やつぱり
赤の他人よ
いとも簡單に
さう仰るけれど
殘された私の身に
なつてごらんなさい
形見といへばふるびた
アルファ・ロメオが一臺
走る時は喘ぎ喘ぎ煙を出す

斷崖からころがり落ちれば
もつと濃い煙を吹き上げ
あたり一面の冬がすみ
もともとあのひとは
霞よりたよりない
峰子だけが好き
などと言つて
風邪を引き
泣き泣き
死んだ
寒《かん》の
蟬

風吹かば峰にわかるる雲をだにありしなごりの形見とも見よ
家隆

妹よそなたには見えるか
夢とうつつをへだてる
薄い一重の氷の膜が
はりはりと破れる
うつつそのもの
雪はその上に
霏霏と降る
夢は凍り
他界は
近い
夜
弟よ
君には
聞えるか
嵐の叫びが
雪は天の奥で
耐へ續けてゐた
この世から立昇る
汚れた魂のけぶりに
もし私達に宥されれば
せめて華やかな凍死願望

嵐吹く空にみだるる雪の夜に氷ぞ
むすぶ夢はむすばず
良經

雁の列に槍を投げたのは誰
槍など誰も投げやしない
あの人が薄の穗を拔き
私の胸に放つたのだ
柔かい矢に刺され
さわぐ心の鳥影
亂れる天の雁
心には蒼い
血が滲む
移ろふ
秋の人よ
雁の行方は
知らぬがよい
北の涯に生れて
露霜の天に飼はれ
悲しみに滿ちた地と
涙あふれる眼を愛する
悲哀に飽いて姿を消す時
私とあの人の影だけが殘る

いかにせむつら亂れにし雁がねの
たちども知らぬ秋の心を
定家

私は月の行方を知つてゐる
そこには食卓が連なり
露を含む芹の香と
琥珀色の柑橘
軟い麪麭《パン》
だが
たれ一人
姿が見えない
遠くから響くのは
鋭いピアノ連彈の調べ
死者のための頌歌
一曲が終ると
空の盞に
蒼い
葡萄酒が
滿ちあふれる
私はそれを眺めて
この世へ踵《くびす》をかへした
昔か未來か知らうともせず

昔思ふねざめの空に過ぎにけむ行
方も知らぬ月の光の
定家

春の
夜に
細り續ける月
人の世の花と
燈火《ともしび》が眩《まぶ》しすぎるのだらう
私も亦後の世の月を戀しみ
眠りの中に窶《やつ》れたがある夜
がばと跳起《はねお》き
ふつつり斷《た》つ
夢の
浮橋
その切れ目に
紅い絲を垂れ
夢の深さを測る人が見える
あれは滅びた月よりの使者
霞の深さと眠りの深さとを
誤つて傳へた
死のにほひは
空の
横雲

月影のあはれをつくす春の夜にの
こりおほくもかすむ空かな
定家

白香《しらか》つく木綿《ゆふ》の枕のかたよりに
戀ひかも死なむ露の淺茅生《あさぢふ》
かぎろひの仄かに眠る
人を戀ひ心や騒ぐ
春のあけぼの
鈴が音の
亂る
朝《あした》や
笹枕旅の
心の空の旗雲
玉藻なす
夜の
枕ぞ
波の上に
交すことばは
とどめがたきかも
濃むらさきの光さ走る
春の野や射《い》ゆ獸《しし》の痛む心も
しらなみの共に溺れむ夜の泉川

しきたへの枕ながるる牀の上にせ
きとめがたく人ぞ戀しき
定家

霜の花
散る曙の春いまだ
わが心空の四《よつ》つじ
まよふ
雁歸る
われに還れば夕茜
微塵の空のかた隅
さびし
翼もて
覆へる胸と白妙の
袖にかくるる人の
面輪と
春雨の
ふりにし昔わが縁《えにし》
たのまばやとほき
曉の秋

霜まよふ空にしをれし雁がねの歸
るつばさに春雨ぞ降る
定家

鳥は
心の渚を漁る
漁り盡して舞ひあがる
空を滿たすのは虛無だけなのに
虛無さへ啄《ついば》みをはると
更に見ぬ世へ
立つ

人は
戀のいけにへ
煙は火のない處からも
立つて半生を
燒く

空は
藍色に煌めき
鳥の留守によみがえる
戀にやぶれた人人のたましひは
しづかにうかびあがり
淡い蒼の月と
契る

これやさは空に滿つなる戀ならむ
思ひたつよりくゆる煙《けぶり》よ
定家

今晩は
何を見てるの
黒と紅とが縺れあふ
私の著物の縞の名は夢間道《ゆめかんだう》
望月間道《もちづきかんだう》より憂鬱で
朝倉間道《あさくらかんだう》より
寂しい
間道《かんだう》は行詰り
夢も通はなくなつた
見ない夢に道は無用の長物
それに妙な夢を見て
通はれるのは
迷惑だ
袋小路の闇に
美しい道標を立てる
この奧に夢の墓場があると
二人は今壁を隔てて
魂の毀れる音
を聽く

こころさへまたよそ人《びと》になりはて
ばなにかなごりの夢の通《かよ》ひ路《ぢ》
定家

天の涯まで雨
天使が鼻唄を歌ふ
雨が降ります雨が降る
ノアの洪水はいつ來るのか
天使はめくら
あの洪水なら夙《とつく》に
始まつてもうおしまひ
溺れた人の魂が浮び薄青は
赤ん坊の浮標《ブイ》
それも神の籠《めぐみ》の中《うち》
惡魔も逃げ損つて流れ
ソドムもゴムラも皆水の底
高見の見物の
神は天河に御逗留
悩みも歎きも關りなし
五月《さつき》五月雨《さみだれ》寢亂れてくらす
薄青の浮標が
核分裂をはじめた
神の留守の十月までに
牽牛花《あさがほ》のやうに殖え續ける

天の川八十瀬《やそせ》も知らぬ五月雨《さみだれ》に思
ふも深き雲のみをかな
定家

心の底の紅葉を踏みわけ
鹿が水を飲みに出る
乾いたうつつの
風吹く野の
忘れ水
季節は秋の黄昏虚《きょ》の夕暮
戀も音樂ももの憂い
逢魔が時にまた
小うるさい
鹿の聲
無理に鳴かなくてもいい
私は聞き飽きたから
誰かの心の中へ
失踪しては
いかが
鹿の聲も人の聲も絶えた
殘るのは夕空の星屑
ずたずたの夢に
こがらしの
斷金調《たんぎんてう》

さを鹿の鳴く音のかぎり盡しても
いかが心に秋の夕暮
定家

鶯はこんな香に誘はれるのか
　薄い刃物のやうな冷い香
氣紛れな陽の光に溶け損ひ
　鈍色の水に浮く氷の香
梅の香は死者に獻じよう
　鶯には芹の香がいい
ほろ苦い聲でさへづれ
　私の眠りをよそに
むごい眞晝に繋がる
　ずたずたの記憶
いまもむかしのはるのあけぼの
　目を固く閉ぢて
昔とは違ふ皆違ふと
　心の中でつぶやく
雪と花の間にひびいた
　悲しい聲はもうない
今の私にふさはしいのは
　夏鶯の荒《すさ》んだ聲だけだ
昔を呼び返すな私を誘ふな
　春の曙とは霞のかなたに
あつてない美しい時のなごり

われぞあらぬ鶯誘ふ花の香は今も
昔の春の曙
定家

飛火野
烽火《のろし》の
告げるのは異變
高見の里は睦月
春の兆が見える
父子草母子草繼子尻拭《ままこのしりぬぐひ》も
鬼火のやうに萌え上つた
春は疫病と共に忍び寄る
はつと氣がつけば人のゆくへなど
〈かすみにたどる春のあけぼの〉
人はゐないか心も燃え上る戀人は
　きのふの黄昏私の背後で
不吉な歌を歌つてゐたが
今日は萌黄の草葉のかげ
　烽火はまた上る
　人は死に絶えた
野守も消え亡せ
　墓群の
　飛火野

立ちなれし飛火の野守おのれさへ
霞にたどる春の曙
定家

　　　　　　夏の日の戀
　　　　鹽田が遙かに霞む
　　人は覺めてしきりに渇く
螢はその枕邊に鹹い眠りを眠る
　　眩しい夜と昏い晝の間に
　　　　戀は黑く結晶する
　　　　　　愛は煙の匂
　　　　くすぶる心の沖に
　　喪はれたものがただよふ
海の螢は二度と水上に還れない
　　濕つた枕から枕を尋ねて
　　　　甘い夢を盜みつつ
　　　　　　命をつなぐ
　　　　ある夜夢を喪つて
　　女が鹽の柱に變身する時
螢はくれなゐの首を折つて歎く
　　男は禁斷の眠りから覺め
　　　　渚をさまよひ晝も
　　　　　　微光を放つ

須磨の浦藻鹽の枕とふ螢假寢の枕
侘ぶと告げこせ
　　　　　　　　　　　　定家

露と呼ぶ淸らかな凶器がとある朝
私の昏い枕許におかれる
それは夏の死の徵《しるし》　　　夕風に
時間の刃の　　　靡く樹樹には
使者　　　まだ蒼い血脈が透く
　　だがその後の水は涸れ涸れ
秋きぬと目にはさやかに見えねど
　　見えない秋が心をむしばむ
風の　　　見えた時は身の終り
音にはたと　　　宵闇に泡立つ
息を止めあたりを　　　男郎花《をとこへし》
覗ふのは後ぐらいゆゑか
眞晝間の枕邊に屍臭を放つ女郎花《をみなへし》
今更何を驚かう悲しまう
夏の始めから刃を　　　亂れる
研いでゐた　　　露はたましひ
秋よ　　　風に煌めく霜こそ肉
　　はなればなれに秋をむかへ
人と生れた悲しみを風につたへる

秋といへど木の葉も知らぬ初風に
われのみもろき袖の白玉
　　　　　　　　　　　　定家

舟人よ波の上の月を砕くな　月一夜
はりはりと月光が破れる時　闇七夜
鏤められた夢も粉粉になる　風の下
櫂のしづくに消える花の夢　漣の上
棹が掻き亂す時鳥《ほととぎす》の語らひ　夢の中
澪《みを》に紛れる星會の涙　　煌めく
さざなみにゆられる　　昨日昃《ひかげ》る明日
鳰の浮巣のその薄情《うすなさけ》　ここ過ぎれば
濃く契ればたまゆら　　鬟の巷霰の辻
契らねばよどむ餘波《なごり》　ここに停れば
風が吹き裂く　　とこしへの秋
二藍《ふたあい》の小袖を　人は陰晝の中に眠り
流れてすゑは　漆黒の紅葉犇く森に
夢の世の水口《みなくち》　不老の人はさまよふ
淺いえにしを　失樂園に水は泡だち
白白と　　時あつて逆に流れる
渚の砂　みづうみに映るのは風の痕
なすな　風に斷たれた夢のきりくち
水底の　そして溺れたたましひの月
夢の戀　舟人よ夜の波の下を覗くな

さざなみや鳰《にほ》の浦風夢絶えて夜渡
る月に秋の舟人
定家

招かれて美しい旅に出たとは
言はない言はないけれど夕べ
夕べ砂の上の筵に臥す時には
微かに通ふ風だけがなぐさめ
その風はどこからどこへ吹く
海の上に消えて行くのは記憶
　　面影も薄れたみじめな
遲い　　戀の餘波の曇り日
月の出に　　天の裂目から
いらいらする　　腥い風が
この旅は終るまい　　　吹く
蕁麻《いらくさ》の枕が髮にからみ
やすらかに眠つたこともない
逐はれる夢刺される夢刺す夢
さすがに曉はわづかな假睡《まどろみ》に
ちちははははらからの顏が浮ぶ
みなそびらを向けて遠ざかる
白妙の袖を翻して手も振らず
黃泉へ吹く風に乘つて消える

袖に吹けさぞな旅寢の夢も見じ思
ふ方より通ふ浦風
定家

いづくへ行くとならば神に尋ねよ
　虚空をゆきめぐる時の環に
知れ　　　つながれた私は未だ
儚さの極み　　　來し方行方を
おのれすら恃まず　　　知らぬ
いのち細る日日とはいへ
秋はなほ夕まぐれこそただならね
ただならぬ思ひに急《せ》かれ
この身を追ひ放つ　　　明暮の
白い野分の　　　昏さは休らひ
末に　　　悲しみは日日の慣ひ
　人は歡びのためにも死ぬと
ひとりたたずむ私の目の涙に映る
　荻のうはかぜ萩のしたつゆ
戀は　　　その他はただ白白と
未生の世の　　　見ぬ世へ急ぐ
枯れた花花とのみ　　　水の音
思へば何に泣く涙だらう
秋はとどまらず死も亦とどまらず

行き歸る果てはわが身の年月を涙
も秋も今日はとまらず
　　　　　　　　　　定家

十、續・幾何學形詩

春

君よ
今こそ
別れの時
さやうなら
目を閉ぢても
天に浮ぶ雁の影
かりに私が逐つて
行かうとも果ては幻
すべて滅びてしまつた
ただ一つ殘つた愛さへも
この曙の光にあやふく漂ふ
いざさらばまた秋の夕暮まで
もし私がまだ生きてゐたら一言
彼方にはうつくしい日日が周ると
敎へておくれひややかな死者の聲で

ただ今ぞかへると告げてゆく雁《かり》を
心におくる春の曙
良經

寒

曉の夢
黒い薄氷《うすらひ》に
桃の花がにじむ
この景色に重なつて
屍體陳列所《モルグ》が見えたとて
今はさらさら驚かないだらう
昔
私には
夢の他にも
喪ふべきものが
おびただしく煌めき
世界は厚い磨硝子《すりガラス》の彼方
四季は薄墨色に移ろふばかり
現《うつつ》
贋の夢
人生は陥穽
甘美な失墜の刻
夏の夢には暗い時雨《しぐれ》
秋の夢には逝く歳の吹雪《ふぶき》
見盡した夢のぬけがらが未來

冬の夢の驚きはつる曙に春のうつ
つのまず見ゆるかな
良經

初夏は
月よりも
白き空木《うつぎ》や
仄かにひびく
絃樂の嬰ハ短調
人われを離《か》れて後
わが人に與ふる頌歌

きみが
こころは
めづらしき
異國のけしき
雲母《きら》散りまがふ
死の秋の夜の眺め
空木よりうつろの瞳

秋もや
夏の亡骸
おのづから
花空木《はなうつぎ》月影に
みだるるあはれ
心こそとこしへに
夏さへや秋を契らめ

おのづから心に秋もありぬべし卯
の花月夜うちながめつつ
良經

今
殺《あや》めよ
初音のほととぎす
つゆ
あはれと
思はず刺せよ鳥刺し
長雨に
溺るるわれ
ノアの洪水に漾ふ菖蒲
鼻を刺す
あのかをりは
ゴモラの邑のひでりあめ
こころこそ
あやめをわかぬ
バベルの塔の啞ほととぎす
諸惡ぞかをる
肌しめり泣く人は
昨夜《よべ》も昨夜《よべ》神を欺きたる天使

うちしめり菖蒲《あやめ》ぞかをるほととぎ
す鳴くや五月《さつき》の雨の夕暮
良經

私の
たまの緒
たましひの弦《つる》
心の絲がふつつり
斷れる音を聞いたのだ
その時四方の風景は不意に
色褪せて馬の鬣はなびいたまま
花は
をしべを
茜色の夕空に
逆立たせたままで
ぴたりと動かなかつた
死んだ風景の天に浮ぶ雲と
あの人の面影だけが消えて行く
雲は
愛の墓原
私もあの空に
こころを埋めよう
許されるのはそれだけ
馬は眠り花はとざしはじめ
私は靜かに死に向つて歩み出す

思ひやるながめも今は絶えねとや
心をうづむ夕暮の空
家隆

信じないだらうが
あそこに杜若《かきつばた》が咲いてゐたのだ
信じなくてもいいが
ここで私は若君と呼ばれてゐた
私だつて信じられない
あらくさの穗の靡くこのあたり
父母はらから奴婢《ぬひ》も混り
花と月を霞と雪をかたみに愛《め》で
ゆめうつつの明暮が過ぎた
あの人を知つたのは花の咲く頃
あの人と契つたのははつなつ
そして私が出奔したのは神無月
あれから幾度他郷の夕月を
さしぐむおもひで眺めたことか
風のたよりにすら聞かぬ
あの人を私は忘れはしなかつた
父が死に母がみまかり
家は野分の夜に朽ち果てたとか
殘るのは礎《いしずゑ》のかけら
見知らぬ人人のひややかな笑ひ
草原と月と露の涙

ふるさとは淺茅《あさぢ》がすゑになりはて
て月に殘れる人の面影
良經

朝《あした》には
切《せち》におもほゆ
一年《ひととせ》はあだに過《すぐ》しし
薄雪は昨日の夢に滲みつつ
還らぬ夜夜の涙かも
曉の汀に光る
薄氷《うすらひ》は
悲しみのはて
有明の月も消えたり
薄雪は一ひらのうすき情や
一年の身にかも深く
つもれる罪よ
薄暮《かはたれ》は
戀しさのはて
佇《たたず》みてわれのみ一人
薄雪は心の空に散りまがひ
曉の光に映えて右左
寂しやつもる
薄紅に

一年《ひととせ》をながめつくせる朝戸出にう
す雪にこほるさびしさの果て
定家

月はどこに照るのか
冷《ひやや》かに四季が周り
人の世のことも
いつとはなく
忘れた頃に
浮び上る
黄昏の
須磨の關
柵の彼方に
悲しみを逐ひ
沖から汀へ逆る
歡びを堰きとめた
それが私の犯した科《とが》
夢を見た夜はない
千鳥が鋭い嘴で
啄《ついば》んでしまふ
殘るのは砂
乾いた藻
月の影
ひねもす
よもすがら
逐はれた心と
堰き止められた
心が昏い渦を巻き
せめても夢を葬る

月もいかに須磨の關守ながむらむ
夢は千鳥の聲にまかせて
家隆

秋
鴨は星
鳰は喪服が
鴨は鹽が欲しい
さらに欲しいものは
知らない間に死ねる水藥
白波は眠りをぬすむ
さわさわと靡く
見えない神
風の蘆
鴨はただれ
鳰は空氣に溺れ
鴨は西へ逃げて行く
救濟がこの世にあらうか
すくはれる網の小鮎
ちりぢりの魂は
墜ち續ける
雨夜の
星

白波に騷ぐ澤邊の水鳥も玉散るば
かりものやかなしき
家隆

死にたいとは言つたが
あれは口癖の白萩
こぼれて後の
涙の夜は
生きてゐてもむなしい
紫は返り咲きの藤
死ぬ氣で浮氣
したとて
死ねばなほあぢきない
黒い秋のあぢさゐ
霜夜の淺茅生《あさぢふ》
その蔭で
生きてゐようか明日も
ひだるいこころに
露が降る降る
夢ながら
浮世の底に身はしづむ
一莖の射干《ひあふぎ》を捧げ
眞夜も眞晝の
露を招《を》ぐ

これもこれ浮世の色をあぢきなく
秋の野原の花の上露
定家

ながすぎる秋の夜は一夜
眠らうとすれば目が冱え
起き明さうと思へば眠い
夢みようと瞑れば人の聲
見たくもない夢に移り香
秋はことごとく私に逆ふ
この忌はしい季節の中で
ただ一つ心にかなふのは

初雁の
贐《はなむ》ける
死の夢

常世といふのは空の涯に
ななめにかかる虹の國か
露霜のみなもとの湖には
鈍色の霧が終日たちこめ
人はそこでさいなまれる
逆夢をさかさにつるして
闇の世界によみがへれと
つるされる一つは私の夢

まどろむと思ひも果てぬ夢路より
うつつにつづく初雁の聲
定家

卯月は空木《うつぎ》に死者の影
皐月の盃にしたたる毒
水無月に漲るわざはひ
夏の間闇に沈んでゐた
私のこころも
秋は炎え上る
風はときのま
花はたまゆら

散れ
白露
靡け
秋草

散りつくして
後にきらめく
人の掌《て》の窪《くぼ》の
一しづくの涙

文月の文殻の照り翳り
葉月わづかに髪の白霜
長月は餘波《なごり》の扇の韓紅《からくれなゐ》
皆わすれがたみの形見

散らば散れ露分けゆかむ萩原や濡
れてののちの花の形見に
定家

Vaco distrattamente abbandunato
うつろなる心もて彷徨《さまよ》ふ
宿酔《ふつかゑひ》の「赤い月」の冒頭
帽子を目深《まぶか》に冠つてゐた
イタリアはナポリの優男《やさをとこ》
永久《とこしへ》に君を愛すといふ嘘
うそ寒い夏の夜に見た幻
罪滅ぼしの愛の囁きさへ
互えぬ顔つきで一言二言《ひとことふたこと》
殊にあの宵は風邪を引き
誘《をび》かれて行く氣も湧かず
E'a luna rossa me parla'e te と
ルーナ・ロッサの御託宣
千度通つて成らぬ戀など
どこの閑人《ひまじん》が試みようか
うかうかとまどろめば曉
赤い月どころか黒い月曜
窈窕たる面影も色褪せて
for' 'o balcone stanotte'e の約束
そつくり忘れて露臺に風
風邪引き男と目病み女の
名のみの戀の寂しい物語

月やそれほの見し人の面影をしのびかへせば有明の空
良經

＊命にむかふものは思はじ＊
その勁さに私はほろぼされた
私はただ〈別れ〉の刻を待ち
美しい別離にすべてを賭けた
耳に響く＊命にむかふもの＊
思へばそれは一滴の露だつた
命に比肩するものは他にない
瑠璃色の光が＊命にむかふ＊
私はその言葉に耐へられない

＊

あらくさに露が煌めいてゐた
君は君自身の＊命にむかふ＊
露に變身するのはむしろ易い
別離の刻は待たずとも訪れる
この朝の＊命にむかふもの＊
瑠璃色の露がたまゆらに消え
その後に殘るあつてない輝き
それが僕の愛そのものだつた
＊命にむかふものは思はじ＊

かはれただ別るる道の野邊の露いのちにむかふものは思はじ
定家

古歌を現代散文詩調で逐語譯を試みるのは、多くの古典全集から國語古文參考書で、十年一日のやうに飽きず繰返されてゐる。だが元來、和歌の「意味を説明」することなど、果して可能なのだらうか。たとへば「なにはえのあしのかりねのひとよゆゑみをつくしてやこひわたるべき」を、縁語懸詞の縱横の錯綜を綿綿と説明し、「難波江の蘆の刈根（假寢）の一節（一夜）ゆゑ澪標（身を盡し）てや戀ひ渡るべき」と、二重構造を言ひ立て、ひたすら文字面の意味を追求してみたところで、王朝末期の、言語遊戲、最早パターン化し、約束事になりおほせたクロスワード・パズルの彼方に、韻律のみがなほ生きながらへ、詠ひ手の魂の影をかすかになぞり、非個性の個性を傳へようとする不思議には、到底觸れ得まい。

丹
八心
磨極此
薄光青影　土圭日景
散寒攢銅傾　旭・紅催曙・射東欄
催人朗螭鏡葵　和昶・迎人散薄寒
紅暑迎翟六青階　朗曜・有烏三足躍
日日日日日日日日　飛輪如駟・六螭攢
九射永有馬轉兎　光磨八極青銅鏡
東和烏如重信　晴・轉重霄赤玉盤
欄三輪霄花　莫道向陽花信勉・
足飛赤陽　階葵傾影此心丹
躍玉向
盤道
莫

遊
桂勝
郁芬作
天馥雲籥　土圭月景
一秋毬外笙　湖・上朣朣・兎魄幽
朣散朒玉落處　光明・忽散一天秋
上童忽兆漾蒙何　朒脁・向巳垂銀釣
月月月月月月月月　圓綻今期・漾玉毬
沽兎日向其朧良　馥郁桂芬雲外落
魄光巳今山逾　朦・朧山色鏡中收
幽垂綻色看　凭闌深夜看逾朗・
銀圓鏡夜　何處笙籥作勝遊
釣中深
收闌
凭

時間を遡行して生き變ることが不可能であるなら、むしろ作者が現代に生きてゐたら、いかなる表現方法を採るか、それを樣樣に想定して試みる方が、却つて古歌の眞に肉薄する可能性が多からう。掲げたのは、さう

W	A	G	N	E	R
Rad	Ida	Dan	Fez	Ulm	Jod
Pogge	Arago	Halle	David	Tasso	Bibel
Citroue	Brugsch	Schaper	Faraday	Watteau	Kamerum
Gymnasium	Esslingen	Timotheus	Malediven	Hortensle	Gambrinus
Steinmarder	Meissonnier	Spritzfisch	Hackiaender	Rittershaus	Immortellen

A B E C E D A I R E	綴字練習書	E G L A N T I N E	野茨
B O N A P A R T E	ボナパルト	G L A C I E R E	冷藏庫
E N T R A N T E	新參者	L A R E O L E	ラレオール
C A R A C A S	カラカス	A C E R B E	酸つぱい
E P A C T E	陽暦超過日	N I O B E	ニオベ
D A N A E	ダナエ	T E L E	遠距離
A R T S	美術	I R E	怒氣
I T E	化合物	N E	生れ
R E	再び	E	ホ調
E	抽出		

いふ考へ方によつた試作の一例である。定型から脱れる代りに、私は一首の歌を一篇の詩として、幾何學形の中に閉ぢこめる約束と羈絆を設けた。檻の中でこそ最も見事に羽搏いてみせるのが定型詩人の翼である。収めた歌と詩の對計三十三篇、かつて私が、良經・家隆・定家の各五十首計百五十首について、敢へて驗したもののの中から選んで提出した。それぞれの本歌、六百番歌合を中心とする主として十二世紀末の、三歌人の代表作ばかりである。三者三様に、平安朝末期の爛熟した言語藝術の擔ひ手として、試作と冒險に耽つた一時期がある。今日生きてゐたら、私以上に技巧の限りを盡して、彼らの詩才を示威したことだらう。幾何學形と謳ひつつ、ここに圓形や曲線を活用したものが、一篇も實現しなかつたことは、印刷技術等の關係もあるが、私自身遺憾とするところである。またの機會に必ず試みるつもりだ。

「耶馬臺詩」の項で「水勢文」「山形詩」「火焰文」「令字旗」等、三角形を示す漢詩は幾つか引用しておいたが、前頁に掲げた二つはより鮮明な二等邊三角形を成し、讀みたどる順序もさして複雑ではない。頂上の一字、「日」「月」はそれぞれ題、次の字、「九」は隣の「日」と合せて「旭」と訓む。同様に「沽」も「月」と合體して「湖」となる。作詩の段階で「旭」「湖」を拆《ひら》いておいたと考へれば、これも拆字《たくじ》詩《し》の一種と見ることができよう。「土圭日景」は李禺山の、「土圭月景」は宜興南樹紅友の作と傳へる。い

古硯銘　梁武帝

假墨圖心　寫德模音
假音模德　寫心圖墨

春詞

春晴喜鵲噪前津
鵲噪前津柳眉新
津柳眉新花戀蝶
新花戀蝶去來頻
頻來去蝶戀花新
蝶戀花新眉柳津
新眉柳津前噪鵲
津前噪鵲喜晴春

づれも佳作である。

西歐の傳承作品にも折句の項で紹介したやうなクロスワードが、更に三角形を示すやう、驚くべき技巧を誇つてゐる好例がある。「WAGNER」を頂點とする六つの山のそれぞれの階は1357911の綴字數を持ち、皆意味のある語を選んでゐる。しかも各語の中央の字を縦に貫いてたどると「Wagram」「Adagio」「Galatz」「Nevada」「Elster」「Robert」となる。この種のヴァリエーションを作る時、最もむつかしいのは、この縦讀みの部分の調整であらう。固有名詞の鏤め方が、このWAGNER三角の場合まことに意味深長、よほどのヴェテランが考へたものだらう。漢字、もしくは假名でこの趣向を踏襲できないこともあるまいが、漢字の場合は相當な苦戰を強ひられようし、假名は散漫稀薄な印象を齎さう。

フランス語單語九箇及び十箇の漸減で、縦横共に同順序、同語を現出する技巧も、一見容易に見えながら、いざヴァリエーションを考へるとなると至難の技だ。折句の項で例示した頭字だけが意味を含むものとは、段違ひに制約が嚴格で、百に一つのかねあひで成功するかせぬかだらう。智慧と暇のある人は假名で試みると、相當面

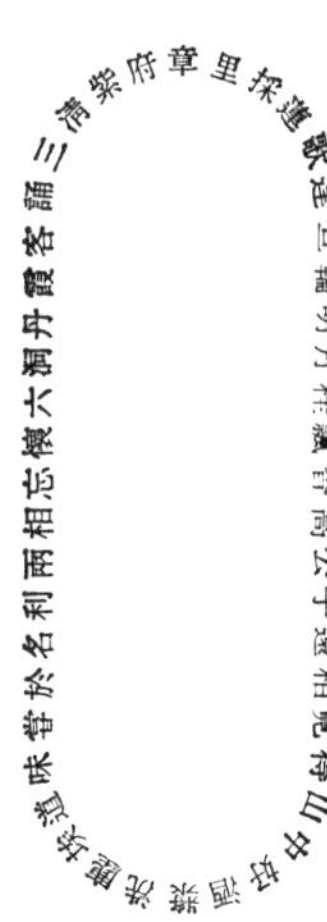

遊紫霄宮　白居易

水洗塵埃道味嘗
甘於名利兩相忘
心懷六洞丹霞客
各誦三清紫府章
十里採蓮歌達旦
一輪明月桂飄香
日高公子還相覓
見得山中好酒漿

寄范希文　宰庠

花開近翠微　橋荻露灘磯
沙平接潤野　廡亂聚螢飛
飛螢聚亂廡　野潤接平沙
磯灘露荻橋　微翠近開花
艸化飛螢聚亂廡　厂林野潤接平沙
少水磯灘露荻橋　木高微翠近開花
花開近翠微高木　橋荻露灘磯少水
沙平接潤野林厂　廡亂聚螢飛化艸

白いのが生れる可能性もある。意味の上で脈絡・照應があれば理想的だが、それは無いものねだりだらう。

圖形詩は當然同時に回文をも兼ねるので、その機能・效用・美觀の上からも、自然漢詩の獨擅上となる。和文のものも少少傳はるが、循環的に詩句を成すものは皆無に等しい。「古硯銘」は「玉連環」と呼ばれ、「墨を假《か》りて心を圖《あが》き、德を寫して音に模《かたど》る」と左へ讀み進み、「音を假りて德を模り、心を寫して墨に圖く」と右へ移り、二樣の詩を得る。「春詞」は「轉尾連環」と稱し、左へ順に七言一句を先ず採り、次に三字だけ置いて四字目から七言一句の二行目を採るといふ風に四度繰返すと、一順する次第となつてゐる。これの逆に右へ廻つて、同樣に三字づつ送つて七言四句を採つても、これまた見事に意味を成す。漢字の便利さであり、また考案者の智慧の深さであり、讀みつつ興味が盡きない。

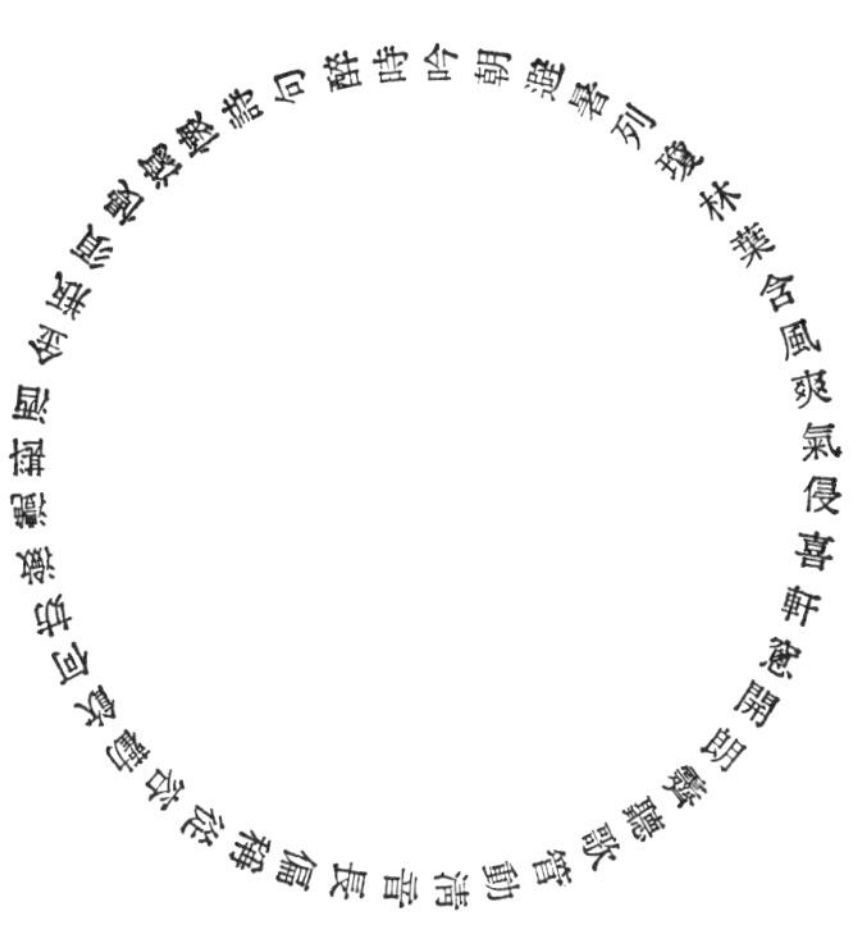

偶成賜太監王瑾　　明　宣宗

今朝避暑列瓊林　木葉含風爽氣侵
人喜軒窗開朗霽　雨聽歌管動清音
日長偏稱從容勸　力飲何妨瀲灩斟
斗酒金瓶須慢瀉　寫懷詩句醉時吟

「遊紫霄宮」は「藏頭拆字詩」と言はれる。楕圓を成す文字四十八字、これで七言八句を作るには八字增さねばならぬ。すなはち「漿」から「水」に始まり、七字目を二分して半分を採り、都合八字を得、見事に八句を創作する。拆字とは不思議な技法で、私達にはいささか理解に苦しむ點もある。たとへば、「香」から「曰」ならいざ知らず「日」が採れるのが領けない。ちなみに「香」の古字は「禾」と「甘」の合字になつてゐる。

「寄范希文」も「偶成賜太監王瑾」も前三例と同工異曲だが、「寄范希文」は拆字によつて五言四句を七言四句に作り變へて妙味を示す。但し「厤」を「厂林」に、「橋」を「高木」にするところ、私の感覺にはどうしてもなじまない。支那の人人の方がこの點ひどく鷹揚自在、惡く言へば大雜把なのだらうか。もつとも、いづれの作も押韻の整然たる美しさはほとほと感に堪へない。作者不詳「春詞」の「津・新・蝶・頻／新・津・鵲・春」など、單純な仕掛とはいへ、沓冠にその字の旋つて來るあたり、なかなかの才覺だ。「寄范希文」も五言四句の場合の沓冠押韻はまことに樂しい。

十一、輪状詩・循環詩

「幾何學形詩」の「圖形詩」、すなはち古硯銘の玉連環に始まる諸作とは別に、環を形成する文字を更に増し、輪も二重、三重にした作が古くから存在した。漢字の佶屈たる形象の、鬱然たる集合、一瞬眩暈を誘ふばかりの、年輪を聯想させる圓形詩が殘されてゐる。これに比べると、形の上では、白居易の「遊紫霄宮」、宋庠の「寄范希文」、明宣宗の「偶成賜太監王瑾」は簡潔を極めながら內容緻密、一方、ここに掲げた蘇伯王の妻の盤中詩など、少くとも「形《フォーム》」に限つては一種の執念を感じる。讀訓順序は中央の「山」に始まり、直下の「樹」に移り、右旋して「深」まで來れば下りて「鯉」に續けて左旋する。このやうにして右旋左旋を繰返しつつ、最外輪の「周四角」に終る。

山樹高　鳥鳴悲　泉水深　鯉魚肥　空倉雀　常苦飢　吏人婦　會夫稀
出門望　見白衣　謂當是　而更非　還入門　中心悲　北上堂　西入階

急機絞　杼聲催　長嘆息　當語誰　君有行　妾念之　出有日　還無期
結巾帶　長相思　君忘妾　未知之　妾忘君　罪當治　妾有行　宜知之
黄者金　白者玉　高者山　下者谷　姓者蘇　字伯玉　人才多　智謀足
家居長
安身在蜀　何惜馬蹄歸不數　羊肉千斤酒百斛　令君　馬肥麥與粟
今時人　知四足　與其書　不能讀　當從中央周四角

右旋左旋するだけで回文的要素を含むわけではなく、至つて素樸なものだ。ただここに現れる物語が單純で古拙なことでも知れるやうに、蘇伯玉の妻女の作と言はれるこの作が、往時流行した八重襷風漢詩の祖と目されてゐる。そして八重襷風に、縦横に脈絡接續する碁盤形詩の絶頂に竇滔の妻、蘇若蘭作の「璿璣圓」がある。漢字の角すなはち劃によつて成り、すべてに象形的聯想のまつはる生理を思へば、圓形詩より方形詩に傑作の生れるのも當然であらうか。

「蛛絲狀高隱吟」は五雲莊の詩人、南樹紅友の作として傳はる。一字を二字に拆《ひら》いて用ゐる手法では、この人に及ぶ者なしと言はれるほどの天才で、「璇璣碎錦」一百種を成したが大半は燒失したと言はれる。「高隱吟」別名「閑居吟」は、その拆字技法のデモンストレーションから始まる。すなはち、中央の文字「器」は「口口口口工」の五つに拆き、器の上下左右の穴・貝・水・力には、その沓《くつ》・冠《かんむり》・旁《つくり》・偏《へん》に接合させて、空・貢・江・功を生む。かつ四隅の文字、五・禾・口・肅にはそれぞれの沓・冠・偏に口を加へて、吾・和・呂・嘯を作り出す。この準備をして後、五言律、七言律、六言律の各一首を讀み繋いで行かう。

【七言律詩】

吾廬掩戸寂無人　空谷歸田二十春　和令香奩窮不諱　江郎綵筆老逾新
呂虔刀作樵薪斧　貢禹冠爲漉酒巾　嘯傲且尋泉石樂　功名已等陌頭塵
淨夢俱清人境心　偏遠春風特有情　諱言貧作病新學　酒爲名斧共山人
出巾從野叟行樂　樂石泉尋間且等　羲皇戸外遺田二　頃奩中寓筆千章
作賦擬爲屈宋尋

[五言律詩]

人境心偏遠　春風特有情　諱言貧作病　新學酒爲名　斧共山人出
巾從野叟行　樂天池上咏　塵淨夢俱清　吾廬掩戸寂　無人空谷歸
田二十春和　令香奩窮不　諱江郎綵筆　老逾新呂虔　刀作樵薪斧
貢禹冠爲漉　酒巾嘯傲且　尋泉石樂功　名已等陌頭　等羲皇戸外
遺田二頃奩　中寓筆千章　作賦擬爲屈

[六言律詩]

戸外遺田二頃　奩中寓筆千章　作賦擬爲屈宋　尋間且等羲皇　吾廬掩戸寂無
人空谷歸田二　十春和令香奩　窮不諱江郎綵　筆老逾文呂虔　刀作樵薪斧貢
禹冠爲漉酒巾　嘯傲且尋泉石　樂功名已等陌　頭塵淨夢俱清　人境心偏遠春
風特有情諱言　貧作病新學酒　爲名斧共山人　出巾從野叟行　樂天池上咏塵

車輪の形を模したと言ふ「秋日雜詩」は李禺山の作で、これまた中央が「器」だが、今度は「口・工」の二字に拆き、上下左右、四方斜を、それぞれ空・紅・貢・江、釦・和・品・加とする。他に拆字は催と崔、囘と己、開と門、來と人、芳と方、縦と從、裊と衣、雲と雨、涼と京、淨と爭、妝と女、暉と日の一字再用が試みられる　この計二十四字。讀訓順序は中央「器」を拆いて上昇する。

[七言律詩]

空山目縱鬱崔嵬　石磴停車往復囘　紅葉飄雲秋己老　彩虹飲澗露初開
貢冠彈淨金門遠　杜句吟成玉露來　江岸斜暉美人去　層城幾度角聲催
空山目鬱隹嵬石　磴停車往復囘秋　雲迗清涼瑤出品　京植新淨綺閣妝

加増煩女手映日　許齊芳釦砌蘭方　茁間縱靜裡香和　煙涵衣帶雲迭清

五言は「釦」に始まつて內輪を左旋し、外輪に終る。六言は成立しない。漢字一字がほとんど名詞であると同時に形容詞・副詞の機能を持ち、一方で動詞として働き、助動詞として使はれ、「須・將・當」等のやうに副詞と助動詞の二重の效用を持つ言葉であればこそ、このやうな回文式構文が、また文章を寸斷して前後に癒着させる操作が可能なのだらう。和漢洋混淆體の日本文では、まづ不可能であらうし、可能であつても精精クロスワード・パズル同樣名詞止りではあるまいか。

たとへば「和漢洋混淆體」にしても、「和漢・洋混・淆體」「體淆混・洋漢和」「體淆・混洋・漢和」の組合可能、また、その他成立し得るあらゆるコンビネーション、たとへ不熟でも、とにかく意味を生むところが、他國語との大きな差だ。文章寸斷再接合は、假名文やアルファベットでも可能な例はいくらも創作できるが、一覽一讀性と美觀に關しては、漢字文の傍にも寄れまい。「あります」「あり・ます」「ありま・す」。逐順となればこの二種であり、それも「蟻・鱒（桝）」「有馬・巣（酢・洲・鬆）」と表記して、始めて形象化を遂げるのだ。

ただ、かういふ循環詩、混拆字圓環體は、その制限の分だけ、詩そのものも何となく取つてつけたやうな、生硬な趣を呈し、修辭が定石に墮し、安易に陷るのはやむを得まい。不可抗力とは言ひながら、それを超えて、愕然たる秀作を生むのが天才であらう。また拆字についても反間苦肉と言ひたいやうな無理が見える。門構へ三水偏、あるいは各種旁の獨立にいささかの疑義もないが、「回」から「己」の生じるのはむかしい。「回」は「回」の本字であり、國構への下の第三劃目を省いた中に「巳＝し」が入る。決して「己＝き」ではあるまい。一方「器」は、俗字として「噐」があるゆゑに、これを「口」四つと「工」に分けるのは差支へないと思ふ。

かういふ點、支那本土文人は到つて寛容だが、それを範とする必要もさらさらなからう。

連環疊字詩

野野　鳥鳥　啼啼　時時　有有　思思　春春　氣氣　桃桃　花花
發發　滿滿　枝枝　鶯鶯　雀雀　相相　呼呼　喚喚　巖巖　畔畔
花花　紅紅　似似　錦錦　屛屛　堪堪　看看　山山　秀秀　麗麗
山山　前前　煙煙　霧霧　起起　淸淸　浮浮　浪浪　促促　潺潺
湲湲　水水　景景　幽幽　深深　處處　好好　追追　遊遊　傍傍
水水　花花　似似　雪雪　梨梨　花花　光光　皎皎　潔潔　玲玲
瓏瓏　似似　墜墜　銀銀　花花　折折　最最　好好　柔柔　茸茸
溪溪　畔畔　草草　靑靑　雙雙　蝴蝴　蝶蝶　飛飛　來來　到到
落落　花花　林林　裏裏　鳥鳥　啼啼　叫叫　不不　休休　爲爲
憶憶　春春　光光　好好　楊楊　柳柳　枝枝　頭頭　春春　色色
秀秀　時時　常常　共共　飮飮　春春　濃濃　酒酒　似似　醉醉
閑閑　行行　春春　色色　裡裡　相相　逢逢　競競　憶憶　遊遊
山山　水水　心心　息息　悠悠　歸歸　去去　來來　休休　役役

佛印の作、贈・蘇東坡の連環疊字詩として世に聞えたものだ。表記の字面だけ見ると同字のリフレーンで何の曲もないが、解讀すると三言五句、七言三十五句の文字鎖律詩が絢爛と出現する。圓環體のフォームの奇を誇る作とは逆に、表面平明、內容濃艶を庶幾するものと言へようか。あるいはこの方が眞の才を要求されるかも知れぬ。

野鳥啼　野鳥啼時時有思　有思春氣桃花發　春氣桃花發滿枝　滿枝鶯
雀相呼喚　鶯雀相呼喚巖畔　巖畔花紅似錦屛　花紅似錦屛堪看　堪看
山　山秀麗　秀麗山前煙霧起　山前煙霧起靑浮　靑浮浪促潺湲水　浪
促潺湲水景幽　景幽深處好追遊　深處好追傍水　傍水花　花似雪　似

雪梨花光皎潔　梨花光皎潔玲瓏　玲瓏似墜銀花折　似墜銀花折最好
最好柔茸溪畔草　柔茸溪畔草青青　雙雙蝴蝶飛來到　蝴蝶飛來到落花
落花林裏鳥啼叫　林裏鳥啼叫不休　不休爲憶春光好　爲憶春光好楊柳
楊柳枝頭春色秀　枝頭春色秀時常　時常共飲春濃酒　共飲春濃酒似醉
似醉閑行春色裡　閑行春色裡相逢　相逢競憶遊山水　競憶遊山水心息
心息悠悠歸去來　歸去來休休役役

柳柳	色色	青青	青青	滿滿	城城	煙煙	雨雨	春春	光光
送送	遠遠	行行	君君	向向	燕燕	山山	路路	前前	去去
旗旗	亭亭	芳芳	草草	青青	無無	數數	山山	翠翠	水水
潺潺	湲湲	行行	路路	難難	時時	往往	還還	多多	是是
名名	場場	客客	行行	急急	寧寧	論論	山山	水水	程程
千千	百百	人人	戀戀	芳芳	春春	不不	似似	君君	家家
有有	老老	親親	長長	倚倚	門門	望望	君君	馬馬	到到
金金	臺臺	下下	桂桂	花花	香香	報報	高高	堂堂	正正
屆屆	稀稀	齡齡	壽壽	春春	酒酒	遲遲	君君	衣衣	錦錦
傾傾	金金	斗斗	汎汎	春春	風風	人人	共共	醉醉	融融

「蛛絲狀高隱吟」を成した南樹紅友の「陽關疊」は、佛印の詩に倣ったもので、主題は「沿華小刑燕遊」とある。計二百字、三言八句、五言三句、七言二十三句の律詩に再構成解讀するもので、ほとんど同趣向、人によってはこの二百字の方に一日の長を認めるかも知れないが、模作は模作であらう。

柳色青　柳色青青滿城　滿城煙雨春光送　煙雨春光送遠光　遠行君
向燕山路　君向燕山路前去　前去旗亭芳草青　旗亭芳青無數　無數山
山翠水潺湲　翠水潺湲行路難　行路難時時往還　往還多是名場客　多
是名場客行急　行急寧論山水程　寧論山水程千百　千百人　戀芳春

人戀芳春不似君　不似君家有老親　家有老親長倚門　長倚門　望君馬
望君馬到金臺下　到金臺下桂花香　桂花香報報高堂　高堂正屆稀齡壽
正屆稀齡壽春酒　春酒遲君衣錦傾　遲君衣錦傾金斗　金斗汎　汎春風
春風人共醉　人共醉融融

「節節高」と題するこの詩も亦南樹紅友の作、各横線二條を竹の節に見立て、詩中に「篁」や「筝」を鏤めてある。同字連續はいづれも併せて一字を作るので、車は「轟」、白は「皛」、水は「淼」、日は「晶」、石は「磊」、木は「森」、直は「矗」、魚は「鱻」となる。初めて見る奇異な作字もあるが、まづ「皛《けう》」は「白」と同義、「晶」は鮮明な樣を言ひ、「鱻」は鱗を現す古い創作字體と覺しい。

七言八句。

車馬	車車	車車	車車	相逐	來
白雲	白白	白白	白白	滿山	限
水光	水水	水水	水水	春汎	遠
日影	日日	日日	日日	曉逕	開
石石	石石	石石	石邊	分圃	囿
木木	木木	木木	木末	見樓	臺
新篁	直直	直直	直直	銀塘	直
魚魚	魚筝	魚魚	魚魚	亦美	哉

車馬轟轟相逐來　白雲皛皛滿山限　水光淼淼春帆遠　日影晶晶曉逐開
磊磊石邊分圃囿　森森木末見樓臺　新篁矗矗銀塘直　鱻筝鱻魚亦美哉

象形文字の多用による視覺的效果を十分に計算に入れての作である。そしてこれも逆の意味で拆字詩技法の援用と考へてよからう。三字合せて一字となる例は、他にも「姦・麤・聶・蟲・焱・毳」等等幾つかあり、パロディはまだまだ作れさうだ。だが仕掛が比較的單純なので、更に新趣を加味せねば、讀者は勿論作者も噯《おくび》を催すだらう。連環詩や文字鎖も、私など途中で退屈し、堪らなくなるのだが、かういふ執拗な繰返しを悠悠と樂しむのも往古支那文學の特徴であらうか。十九世紀までに亡んでしまった緩徐調詩歌リズムと、その時代の人間の生活テンポとも考へられる。第一現行の極端な省略字體では、遊びなど思ひも及ばぬ。

「璿璣圖」また呼んで「織錦璇璣圖」は蘇若蘭作として傳はる。回文的要素を含む縱横連環詩の、究極であり

琴	清	流	楚	激	紘	商	奏	曲	發	聲	悲	摧	藏	音	和	咏	思	惟	空	堂	心	憂	增	慕	懷	慘	傷	仁
芳	廂	東	步	階	西	遊	王	姿	淑	窕	窈	伯	召	南	周	風	興	自	后	妃	荒	經	離	所	懷	歎	嗟	智
蘭	休	桃	林	陰	翳	桑	懷	究	思	廣	河	女	衛	鄭	楚	樊	厲	節	中	闈	淫	遐	曠	路	傷	中	情	懷
凋	翔	飛	燕	巢	雙	鳩	土	迤	逶	路	遐	志	咏	歌	長	歎	不	能	奮	飛	忘	清	幃	房	君	無	家	德
茂	流	泉	清	水	激	揚	思	頎	其	人	碩	興	齊	商	雙	發	歌	我	袞	衣	想	華	飾	容	朗	鏡	明	聖
熙	長	君	思	悲	好	仇	舊	甤	威	粲	翠	榮	曜	流	華	觀	冶	容	爲	誰	感	英	曜	珠	光	紛	葩	虞
陽	愁	歎	發	容	摧	傷	鄉	悲	情	我	感	商	清	微	宮	羽	同	聲	相	追	所	多	思	感	誰	爲	榮	唐
春	方	殊	離	仁	君	榮	身	苦	惟	艱	生	患	多	殷	憂	纏	情	將	如	何	欽	蒼	穹	誓	終	篤	志	貞
牆	禽	心	濱	均	深	身	加	懷	憂	是	嬰	藻	文	繁	虎	龍	寧	自	感	思	岑	形	熒	城	榮	明	庭	妙
面	伯	改	漢	物	日	我	兼	思	何	漫	漫	榮	曜	華	彫	旅	孜	孜	傷	情	幽	未	猶	傾	苟	難	闕	顯
殊	在	者	之	品	潤	乎	愁	苦	艱	是	丁	麗	壯	觀	飾	容	側	君	在	時	巖	在	炎	在	不	受	亂	華
意	誠	惑	步	育	浸	集	悴	我	生	何	冤	充	顏	曜	繡	衣	夢	想	勞	形	峻	慎	盛	戒	義	膚	作	重
惑	故	暱	飄	施	愆	殃	少	章	時	桑	詩	端	無	終	始	詩	仁	顏	貞	寒	嵯	深	興	后	姬	原	人	榮
故	遺	親	飄	生	思	愆	精	徽	盛	翳	風	此	乎	始	璇	情	賢	衰	物	歲	峨	慮	漸	孽	班	禍	讒	章
新	舊	間	離	天	罪	辜	神	恨	昭	感	興	作	蘇	心	璣	明	別	改	知	識	深	徽	至	嬖	女	因	佞	臣
霜	廢	遠	微	地	積	我	遐	微	業	孟	鹿	麗	氏	詩	圖	顯	行	華	終	凋	淵	察	大	趙	婕	所	奸	賢
冰	故	離	隔	德	怨	因	幽	玄	傾	宣	鳴	辭	理	興	義	怨	士	容	始	松	重	遠	伐	氏	好	恃	凶	惟
齊	君	殊	喬	貴	其	備	曠	悼	思	傷	懷	日	往	感	年	衰	念	是	咎	愆	涯	禍	用	飛	辭	恣	害	聖
潔	子	我	水	乎	根	嘗	遠	歎	永	感	悲	思	憂	遠	勞	情	誰	爲	獨	居	經	在	昭	燕	輦	極	我	配
志	惟	同	誰	均	難	苦	離	戚	戚	情	哀	暮	歲	殊	歎	時	賤	女	懷	歎	網	防	丹	寔	漢	驕	忠	英
精	新	衾	陰	勻	尋	辛	鳳	知	我	者	誰	世	異	浮	奇	傾	鄙	賤	何	如	羅	萌	青	生	城	盈	貞	皇
純	貞	志	一	專	所	當	麟	沙	流	頻	遊	異	浮	沉	華	英	翳	曜	潛	陽	林	西	昭	景	薄	榆	桑	倫
望	微	精	感	通	明	神	龍	馳	若	然	倏	逝	惟	時	年	殊	白	日	西	移	光	滋	愚	讒	浸	頑	凶	匹
誰	雲	浮	寄	身	輕	飛	昭	虧	不	盈	無	倏	必	盛	有	衰	無	日	不	陂	流	蒙	謙	退	休	孝	慈	離
思	輝	光	飾	粲	殊	文	德	離	忠	體	一	違	心	意	志	殊	憤	激	何	施	電	疑	危	遠	家	和	雍	飄
想	群	離	散	妾	孤	遺	懷	儀	容	仰	俯	榮	華	麗	飾	身	將	與	誰	爲	逝	容	節	敦	貞	淑	思	浮
懷	悲	哀	聲	殊	垂	分	聖	背	何	情	憂	感	惟	哀	忘	節	上	通	神	祇	推	持	所	貞	記	自	恭	江
所	春	傷	應	翔	雁	歸	皇	辭	成	者	作	體	下	遺	葑	非	采	者	無	差	生	從	是	敬	孝	爲	基	湘
親	剛	柔	有	女	爲	賤	人	房	憂	處	已	憫	微	身	長	路	悲	曠	感	士	民	梁	山	殊	塞	隔	河	津

突然變異であり、空前にして絶後の作と、古來信仰に類する愛を勝ち得てゐる逸品である。傑作に隨伴する逸話傳説の類であらうが、一説には、秦州の刺史竇滔、字は連波、四世紀末華流沙に貶された時、妻の蘇若蘭が之を創り、五彩を施して錦に織上げて夫に送り、悶悶の胸中を慰めたと言ふ。七世紀末則天武后が「璿璣圖敍」を草し、大いに顯彰した。すなはちまた一説あり。竇滔に愛人あり、歌舞をよくする美姫趙陽臺。若蘭嫉妬逆上し、夫が襄陽に赴任の砌も冷然として同行を拒む。滔は趙姫を任地に伴ひ、妻との音信を絶つ。後日後悔して璇璣圖を創り、夫以外に解讀する者無しと斷言して、これを襄陽に送る。滔は感動して陽臺を故郷關中に歸らしめ、妻を手厚く迎へ入れる。繪卷物「竇蘇畫册」はこの間の劇《ドラマ》を「居尊把寵・懷恨毀讒・携姬之任・空閨回思・悔心織錦・使送新詩・感才遣妾・盛禮邀迎」の八幅に盡し、武后の敍によつて世に傳はつた。京都曼珠院にも仇英筆の一卷が藏されてゐると聞く。

二十九字二十九行八百四十一字、中心の一字が「心」となつてゐるところ、これ一つでもさすがと思はせる。ただ「璿璣《せんき》」とは天球儀を意味し、「璿璣圖」はすなはち天體圖。圓形であつてこそふさはしからうし、あるいは元は、「心」を圓心とした放斜狀の圖柄であつたとも考へられ、それを裏書するやうな文言も遺されてゐる。ところで圓形圖ならば、若蘭夫人は一體それを如何パターン化して錦に織り成したか、これは更に腑に落ちず、想像に剩る問題ではあるまいか。

武后敍には二百餘首とある由、たとへば、三言・四言・五言・六言・七言の四句で二百六十首に讀み分けた記錄も殘つてゐると聞く。なほまた信ずべき一説によれば、「璿璣」は書經の「在㆓璿璣玉衡㆒以齋㆓七政㆒」（璿璣玉衡を在《あきら》かにして七政を齋《ととの》ふ）に據つたもので、必ずしもこの圖そのものは圓形、球形寫したるを要せず、むしろ七圖に分割し、あるいは二十八宿に見立てる解讀、訓讀法を謳つてゐるとする。これは肯綮に價するものかも知れない。諸人諸說、讀訓方法、順序に定まつたものも、種類を列擧し盡したものもなく、將來、このやうなものこそ、コンピューターで彈き出せるのではあるまいか。たとへばその讀み始め一つにも、次のやうな二種が存在する。各自案出する能力があるなら、いかなるクロスワード・パズルより面白からう。

【四言】

詩圖璇璣　始乎蘇氏　蘇氏詩圖　璇璣始乎　眷戀終始　詩情明灼

怨義興理　辭麗此作　作此麗辭　理興義怨　灼明情詩　始終戀眷

【七言】

仁智懷德聖虞唐　貞妙顯華重榮章　臣賢惟聖配英皇　倫匹離飄浮江湘

貞志篤終誓穹蒼　欽所感想忘淫荒　心憂增慕懷慘傷　津河隔塞殊山梁

民生感曠悲路長　民生推逝電流光　身微憫己處幽房　林西昭是薄榆桑

思ふに讀訓種類多きがゆゑに尊からず、回文式に同じ箇處を行きつ戻りつしてゐると、たとへ意味は成しても退屈極まるものとなり、可惜名作も欠伸の種となる。素直に第一行右隅から讀みたどり、精妙に仕組まれた心象世界の彩を感じ取ることが、まず第一の鑑賞方法ではあるまいか。讀み様によれば若蘭孤閨の悲しみもそこはかとなく漂つてゐる。

「翠蕉」は春夏秋冬それぞれ七言四句の二十八字づつ、既に幾つか紹介濟の南樹紅友の作である。必ずしも新味は感じられないが、木の葉の形に文字を配してあるのがゆかしい。

同字を往復して讀んだり拆字したりするのではない。一回限り、但し一字づつずらして七言を形成して行くのが面白い。四季、次のやうな形になり、見た目も美しい。

ちなみに最後に現れる「醅《はい》」は濁酒の謂である。春雨が霽れてから友人の家への花咲く道が斜に見えてくるまで、沼の蓮が風に搖れその香が堤に漂つて來るまで、月下に笛が聞え、その音に怨情を感ずるまで、高樓に梅を眺めて後醅を賞するまで、それぞれがゆるやかに、パノラミックに展開される。これまた悠長な技法であり、省略を要諦とする詩歌、殊に俳諧などに馴れた目には、無駄だらけにも映るが、おつとりした遊びをこそ樂しむべきだらう。疊字詩の中では素樸なものだが、「璿璣圖」との對照上、敢へて引用鑑賞した。

「擬織錦圖」は時として蘇若蘭の璇璣圖と思はれた作品である。勿論その規模も修辭技法も、あの大作とは比ぶべくもないが、これはこれとして、形象の美を買ひ、顯彰するに足るのではあるまいか。

春	夏	秋	冬
雨雨	沼沼	月月	閣閣
晴晴晴	風風風	横横横	寒寒寒
來來來來	荷荷荷荷	空空空空	呼呼呼呼
訪訪訪訪	翠翠翠翠	奏奏奏奏	客客客客
友友友友	葉葉葉葉	笛笛笛笛	賞賞賞賞
家家家家	長長長長	聲聲聲聲	梅梅梅梅
花花花	香香香	清清清	開開開
徑徑	滿滿	怨怨	雪雪
斜	塘	生	醅

春雨晴來訪友家
雨晴來訪友家花
晴來訪友家花徑
來訪友家花徑斜
夏沼風荷翠葉長
沼風荷翠葉長香
風荷翠葉長香滿
荷翠葉長香滿塘
秋月横空奏笛聲
月横空奏笛聲清
横空奏笛聲清怨
空奏笛聲清怨生
冬閣寒呼客賞梅
閣寒呼客賞梅開
寒呼客賞梅開雪
呼客賞梅開雪醅

枠目を成す細字の部分は、進行方向に向って忠實に字を配してゐるので問題はあるまい。桝目菱形の三十二に三十三字を納め、そのほぼ中央に「天子」を置いたところ、苦心の結果であり、會心のほどが察しられる。「天子獻願兒夫放早還及」と結ばれるところ、むしろ流砂に貶された夫の復歸歎願書の趣が感じられる。

漢詩唐詩における言語遊戯を云云するなら、遊戯の要素を含まぬものなど一つも存在しないと言へる。平仄を知り押韻を當然とするところなど、西歐詩も同斷であるが、唐五代及び宋王朝の樂曲歌詞など、その曲名、

讀順

詩形名の絢爛性、他を壓する趣がある。その平仄も複雑多岐に亘り、白居易、劉禹錫、皇甫松、韋莊、歐陽脩、蘇軾ら名手がその詩才を競ふ。その曲名を羅列する。

「菩薩蠻・更漏子・酒泉子・南歌子・玉胡蝶・夢江南・河傳・荷葉杯・清平樂・天仙子・女冠子・木蘭花・望江怨・蝴蝶兒・浣溪沙・思帝郷・生查子・後庭花・山花子・虞美人・子夜歌・浪淘沙・蝶戀花・醉垂鞭・千秋歳・青門引・採桑子・憾庭秋・踏沙行・玉樓春・少年遊・雨霖鈴・定風波・水調歌頭・洞仙歌・水龍吟・賀新郎・望海潮・八六子・滿庭芳・青玉案・花犯・六醜・蘭陵王・一翦梅・賣花聲・模魚兒・醜奴兒・滿江紅・永遇樂・一蕚紅・齊天樂・月下笛・綺羅香・雙雙燕・繡鸞鳳花犯」等。

これら一つ一つその律調・文字數・句數・押韻を異にする。たとへば最後の「繡鸞鳳花犯」は、雙調百二字、前段十句六仄韻、後段九句四仄韻、詞譜三十によつて創るべき嚴しいルールがある。

十二、　補遺餘滴

言語遊戯の、殊に詩歌における顯著な嗜好、試行、あるいはデモンストレーションのたぐひを、「いろは歌」「回文」「文字鎖」「折句」「野馬臺詞」「形象詞《カリグラム》」「詞繪《ことばゑ》」「幾何學形詩」「輪狀詩」「循環詩」等の部門に分け、古今東西の、人口に膾炙した秀作、世に知られぬ佳作、加へてみづからの試作と、種種趣向を盡して來たつもりであるが、當然のことに資料には限りがあり、探索調査の手段にも乏しく、誤謬脱漏は防ぎ得ぬところであつた。詩歌を主眼としたので、たとへ言語遊戯の面白をかしさは豐富でも、あまりに次元の低いのは敢へて割愛せざるを得なかつた。

すなはち、ほとんどの「ことばあそび」關係書が列擧する慣ひの「地口」「早口言葉」「尻取り文句」等に關しては、全く、あるいはその大部分を無視した。尻取り文句の中、文字鎖に該當し、しかも詩歌として鑑賞に耐へる例のみは記してゐる。また、たとへば、早口言葉の典型として、研究家が競つて引用する、十八世紀初頭、二代目團十郎の『若緑勢曾我《わかみどりいきほひそが》』に於ける「外郎賣《うゐらうう》り」の臺詞も、敢へて紹介しなかつた。私は、これを云云するなら、極端な饒舌體臺詞を、歌舞伎臺本中からピックアップし、また一方落語の、「壽限無」や「錦明竹」あたりも網羅すべきであらうと考へる。また、これを歐米の演劇等に求めるなら、ラシーヌやロスタンの韻文劇から、オスカー・ハマースタインのミュージカルまで、好例續出、これの蒐集だけで一卷の書を成すこと必定だ。バーナード・ショウの原作、アラン・ジェイ・ラーナー脚色・作詞の『マイ・フェア・レディ』には、「スペインの雨」といふ、キング・イングリッシュの早口言葉ヒットナンバーもあつたかに記憶する。それはそれとして、一度は割愛しつつ、最終的には削るに忍びなかつた有名作品や、新たに發見し、かつ敎示を受けたものの中、記錄に價するものを紹介、顯彰しておかう。

【節會文字鎖】　中御門宣胤作〈一説に一條兼良、また作者不詳とも〉

い　*異《い》位《ゐ》重行《ちゆうぎやう》の立處《たちどころ》
ろ　六位《ろくゐ》の外記《げき》の進《すす》む庭《には》
は　白馬《はくば》の奏《そう》をとる時《とき》に
に　二人《ふたり》の大將《だいしやう》參《まゐ》る顏《かほ》
ほ　仄《ほのか》に立《た》つる屛風《びやうぶ》の前《まへ》
へ　*版《へん》は尋常《じんじやう》宣命《せんみやう》と
と　とりどりに置《お》く庭《には》の內《うち》
ち　*內豎《ちひさわらは》や大舍人《おほどねり》
り　臨期《りんご》の召《めし》に隨《したが》ひぬ
ぬ　縫殿祿《ぬひどのろく》の櫃《ひつ》立《た》つる
る　瑠璃《るり》の錺太刀《かざたち》さす平緒《ひらを》
を　*押《を》すは笏紙《しやくがみ》佩《は》けるは靴《くわ》
わ　王卿外辨《わうきやうげべん》に著《つ》きぬるか
か　開門《かいもん》*闈司《ゐし》の聲《こゑ》するよ
よ　代々《よよ》の例《ためし》*國栖《くず》の歌《うた》
た　立樂《たちがく》こそは澄《す》み上《のぼ》れ

*異位重行＝宮廷公事參列の折、親王公卿が官位の順に整列する際、同位の者は一列横隊に、前を上、後を下として、順次重り合ふやうに並ぶこと。

*版＝吳音。公事の際、群臣百官の居並ぶ位置を決めるため、目標として置かれる板片。黑漆にて品位を書く。轉じて、その位次を言ふことも。

*內豎＝宮中に仕へる少年、殿上童。良家の子弟を選ぶ。「ないじゆ」

*押＝「を」＝「お」混同。

*闈司＝宮城以內諸門の管鑰、出納を司る。「かぎのつかさ」

*國栖の歌＝節會の砌、大和の國栖人が參內し御贄を獻じ、歌笛を奏すること。「國栖の奏」とも。

れ　例宣命《れいせんみやう》の作法《さはふ》こそ
そ　*初位《そゐ》の度《たび》には異《かは》りつつ
つ　繼《つぎ》の舞踏《ぶたふ》も目離《めがれ》せね
ね　練《ねり》は唐練《からねり》珍《めづら》しな
な　內膳供《ないぜんぐ》する四種《ししゆ》*饆饠《ひつら》
ら　禮《らい》は兩禮西《りやうらいにし》の欄《らん》
む　向《むか》ひに*兀子《ごつし》の立《た》つ宣命《せんみやう》
う　雨儀《うぎ》は砌《みぎり》に置《お》く版位《へんゐ》
ゐ　位記《ゐき》は分《わか》ちて給《たま》ふ殿《との》
の　のむ兵部《つはもの》が輔代《ふだい》の*緒《お》
お　*下名《おりな》は內侍《ないし》持《も》て授《さづ》く
く　藏人《くらうど》扶持《ぶち》と立《た》ち副《そ》ふや
や　稍《やや》さし插頭《かざ》す扇の隙
ま　先《ま》づ唐《から》めける御髮上《みぐしあげ》
け　*闕腋《けつてき》著たる左右近府《さうこんふ》
ふ　粉熟索餠《ふんじゆくさくへい》また*餲餬《かつこ》
こ　此日《このひ》の奏《そう》に逢《あ》ふ卯杖《うづゑ》
え　得《え》も云《い》はれねば出御《しゆつぎよ》にて
て　殿下《でんか》は桃華一枝《たうくわいつし》の椏《あ》
あ　*青瓷《あをじ》は色も比《たぐひ》無さ
さ　三獻《さんこん》とては參《まゐ》る御酒《みき》

*初位＝八位の下、最下級の位階、「うひかぶり」とも。

*饆饠＝唐菓子の一、糯米の粉にて作る煎餅の類。膳部家相傳。

*兀子＝四角四脚の腰掛。節會の際殿上庭上で用ゐる。

*緒＝「お」＝「を」混同。

*下名＝敍位の時、四位以下に敍せられた人の姓名をしたためて、中務・兵部二省の丞に下すこと。

*闕腋＝腋をあけた武者の袍。束帶の裝束の場合。

*餲餬＝粉熟・索餠は小麥粉・米粉を練って、蒸し、燒く。餲餬は唐菓子で饂飩粉を繩狀に練り延して作る。

*青瓷＝天皇の御食を盛る薄青の陶器を言ふ。

き　＊魚袋金銀結《ぎよたいきんぎんけち》の見《み》ゆ
ゆ　雪《ゆき》を廻《めぐ》らす天少女《あまをとめ》
め　廻《めぐ》れば樂前《がくぜん》立《た》ち進《すす》み
み　御酒《みき》給《たま》へとて召《め》す敕使《ちよくし》
し　式の筥《はこ》をも置《お》く机《つくゑ》
ゐ　衣紋《ゑもんけ》氣高《だか》き御装《みよそほひ》
ひ　＊蹕稱《ひつしやう》するは還御《くわんぎよ》かも
も　目錄見參早《もくろくけんざんはや》く出《だ》せ
せ　節會《せちゑ》は今《いま》より末絶《すゑた》えず
す　天皇《すべらぎ》の御代《みよ》は千代《ちよ》も變《かは》らじ

＊魚袋＝官吏の名譽を象徴する佩び物の一種。
＊蹕稱＝貴人行列の先拂ひ。特に天子の場合の通行止指令を言ふ。

この文字鎖は傳本は假名勝ちのものを、紹介者が徐徐に漢字に變へて行つたものらしく、私の見た諸本は異同が甚しい。第一總振假名の例は皆無。獨特の宮廷用語や文字遣ひ、特殊漢字にも隨處に非常識な誤りがあり、注釋も全然施してゐない。關係各書をちらとでも見た人は、重重承知のはずであり、私の校訂引用にも未だ一、二疑問の點は殘るが、今日までの最善と信じてゐる。ちなみに「て＝殿下は桃華一枝の椏」の「椏」は木の岐《また》、「桃華」は一條兼良の雅號、それゆゑ、作者が、このやうに讀みこむのを不審として、作者不詳說を注する一本も存在する。節會文字鎖には今一つ、三條西實隆作といふのも見るが、「出《いで》て仕ふるその蒿蘆《かうろ》　郎黨闕腋箭《らうたうけつてきや》には眞羽《まは》」に始まるそれは、この「異位重行」に比べて著しく精彩を減ずる。彼の作はむしろ、次の方が絢爛として、狂言綺語の香もゆかしく、さすがと思はせる。

【源氏文字鎖】　三條西實隆作

源氏のすぐれてやさしきは　はかなく消えし**桐壺《きりつぼ》**よ　よそにも見えし**帚木《ははきぎ》**は　われから音に鳴く**空蟬《うつせみ》**や　休らふ道の**夕顏《ゆふがほ》**は　**若紫《わかむらさき》**の色毎に　匂ふ**末摘花《すゑつむはな》**の香に　錦と見えし**紅葉賀《もみぢのが》**　風を厭《いと》ひし**花宴《はなのえん》**　結びかけたる**葵《あふひ》**草　**榊《さかき》**の枝におく霜は　**花散里《はなちるさと》**の時鳥《ほととぎす》　**須磨《すま》**の怨みに沈みにし　忍びて通ふ**明石《あかし》**潟　たのめしあとの**澪標《みをつくし》**　繁き**蓬生《よもぎふ》**露深み　水に**關屋《せきや》**の影映し　知らぬ**繪合《ゑあはせ》**おもしろや　宿に絶えせぬ**松風《まつかぜ》**も　もの憂き空の**薄雲《うすぐも》**よ　世は**槿《あさがほ》**の花の露　ゆかり求めし**乙女《をとめ》**子が　かけつつ賴む**玉鬘《かまかづら》**　藹《らふ》たき春の**初音《はつね》**の日　開くる花に舞ふ**胡蝶《こてふ》**　深き**螢《ほたる》**の思ひこそ　その懷しき**常夏《とこなつ》**や　遣水《やりみづ》涼し**篝火《かがりび》**の　**野分《のわき》**の風に吹き迷ひ　日影曇らぬ**行幸《みゆき》**には　花も寠《やつ》る**藤袴《ふぢばかま》**　**槇《まき》の柱《はしら》**は忘れしを　折る**梅枝《うめがえ》**の匂ふ宿　解《と》けにし**藤裏葉《ふぢのうらは》**かな　なにとて摘みし**若菜《わかな》**かも　森の**柏木《かしはぎ》**楢《なら》の葉よ　**橫笛《よこぶえ》**の音はおもしろや　宿の**鈴蟲《すずむし》**聲も憂く　暗き**夕霧《ゆふぎり》**秋深み　**御法《みのり》**を覺《さと》りし磯の蜑《あま》　**幻《まぼろし》**の世の程もなく　**雲隱《くもがくれ》**にし夜半の月　聞く名も**匂宮**兵部卿《にほふみやひやうぶきやう》　うつろふ**紅梅《こうばい》**色深し　忍ぶ節《ふし》なる**竹河《たけかは》**や　八十宇治川の**橋姫《はしひめ》**の　逃れ果てにし**椎本《しひがもと》**　共に結びし**總角《あげまき》**は　春を忘れぬ**早蕨《さわらび》**も　元の色なる**寄木《やどりき》**や　宿りとめ來し**東屋《あづまや》**の　法の名も**浮舟《うきふね》**の中《うち》　契りの果ては**蜻蛉《かげろふ》**を　己《おの》が住まひの**手習《てならひ》**は　儚かりける**夢《ゆめ》の浮橋《うきはし》**

諸本には「匂ふ兵部卿」となつてをり「宮」が缺けてゐるし、ここと「法の名も浮舟の中」の二箇所に調べの亂れはあるが、實に手際よく纏めてある。五十四帖をどんな順序ででも詠み込めば良いのなら甚だ容易だが、原作に則る場合は相當な隘路も生ずる。もつとも卷名を置く場所が、必ずしも七五調の首とか尾に決つてはゐないのだから、細工のしやうは多多あり、テクニシャンが壺を心得ると、雜作はない。たとへば逆に讀みたどらうか。「**夢の浮橋**とだえして　**手習**の手のたゆげなる　縷々と悲しき**蜻蛉**の　乘るや**浮舟**今日泊《は》てて　照る**東屋**の影に眠らむ」と、このやうな調子でいくらでも續けられよう。次の作は、傳由比正雪、まことは作者不詳。

【五十三次文字鎖】

都路は五十《いそ》まり三つの宿　時得て咲くや江戸の花　波靜かなる**品川**《しながは》や　やがて越え來る**川崎**《かはさき》の軒端並ぶる**神奈川**《かながは》は　はや**保土谷**《ほどがや》の程もなく　暮れて**戸塚**《とつか》に宿るらむ　紫匂ふ**藤澤**《ふぢさは》の　野もせに續く**平塚**《ひらつか》も　元のあはれは**大磯**《おほいそ》か　蛙鳴くなる**小田原**《をだはら》は　**箱根**《はこね》を越えて伊豆の海　**三島**《みしま》の里の神垣や　宿は**沼津**《ぬまづ》の眞菰草　さらでも**原**《はら》の露拂ふ　富士の根近き**吉原**《よしはら》と　共に語らむ**蒲原**《かんばら》や　休らふ**由井**《ゆゐ》の宿なるを　思ひ**興津**《おきつ》に燒く鹽の　後は**江尻**《えじり》の朝ぼらけ　今日は駿河の**國府**《こくふ》行く　暮るるに間ある**鞠子**《まりこ》とは　渡る**岡部**《をかべ》の蔦の道　千歳の松の**藤枝**《ふぢえだ》よ　よしや**島田**《しまだ》の大井川　渡る思ひの**金谷**《かなや》とて　照らす光は**日坂**《につさか》に　賑はふ里の**掛川**《かけがは》か　かけて**袋井**《ふくろゐ》吹く風の登る**見附**《みつけ》の八幡とは　**濱松**《はままつ》が枝の年久し　時雨れし頃も**舞坂**《まひさか》を　遠こち過ぐる**荒井**《あらゐ》の磯　袖に波越す**白須賀**《しらすか》も　元より名のみ**二川**《ふたかは》や　やや吹く風の**吉田**《よしだ》こそ　その名知られし**御油**《ご》の里解けにし花も**赤坂**《あかさか》の　野田にや續く**藤川**《ふぢかは》を　**岡崎**《をかざき》の宿いかならむ　結ぶ**池鯉鮒**《ちりふ》も假の夢　目覺むる波の**鳴海**《なるみ》潟　ただここもとに**熱田**《あつた》の宮　八十氏渡す**桑名**《くはな》の海　道の行方は**四日市**《よつかいち》　誓ひもかたき**石藥師**《いしやくし》　**庄野**《しやうの》の宿りこれぞとよ　齡《よはひ》久しき**龜山**《かめやま》と　留る人なき**關**《せき》ならじ　賤が家並ぶ**坂之下**《さかのした》　誰**土山**に座を占めむ　群れたる露も**水口**《みなくち》に　濁らぬ末の**石部**《いしべ》かな　などて獨りの**草津**《くさつ》分け　實にもまもりの**大津**《おほつ》とは　花の錦の九重に　心浮き立つ**都**ぞと　君の壽幾千代萬代と　祝ひまゐらせ候めでたくかしこ

昭和讀人不知

【東下り三十驛鎖歌】

京《みやこ》をたたばいつまた逢ふ　**逢坂山**《あふさかやま》の櫻かも　**守山**《もりやま》の青なつかしむ　**武佐**《むさ》の紫草《むらさき》掘るや老《おい》　**老**《おい》**蘇**《そ》の森に今朝目覺め　**醒井**《さめがゐ》の水戀ふる身か　**柏原**《かしはばら》にも鷹や舞ふ　**不破**《ふは》の**關屋**《せきや》も荒るるとか

笠縫《かさぬひ》に立つ柿の市　**一宮**《いちのみや》とて胸にあつ　**熱田**《あつた》の秋の寂しさや　**矢矧**《やはぎ》の墓碑に注ぐ**閼伽**《あか》　**赤坂**《あかさか》に
夜の波の音　**豐河**《とよかは》さへや知らぬ身は　**橋本**《はしもと》の秋影に添ひ　**引馬の原**《ひくまのはら》の萩を活け　**池田**《いけだ》悲しき
戀の朝　**小夜の中山**《さよのなかやま》夢も憂《う》き　**菊川**《きくがは》ぞ黄の心搏《う》つ　**宇津**《うつ》もうつろふその姿　**手越**《たごし》に契り殘し
おき　**興津**《おきつ》に望《もち》の月は見き　**清見潟**《きよみがた》とて思ふ古歌　**蒲原**《かんばら》の夜の白き花　**浪の上**《なみのうへ》とて心急《せ》く
車返《くるまがへし》に車堰《せ》き　**木瀬川**《きせがは》までは逐はるる身　**三島**《みしま》見しまま恨みの歌　**竹の下**《たけのした》ゆく相合傘《あひあひかさ》　**逆川**《さかがは》
に立つ比翼《ひよく》の墓　**鎌倉**《かまくら》にして亡ぶか枕《まくら》

伊勢物語の昔から、東關紀行、十六夜日記、海道記、あるいは太平記俊基朝臣の道行文、御伽草子は小町草紙の道中等等、長短とりまぜて、東下りこそこの海道を謳ふ言葉の花であつた。この鎖歌は東關紀行と海道記に見える驛名を參考に、作者自身が十分ばかりで試作したものだ。時間さへかければ、日本國有鐵道驛名總見も大して難事とも思へない。ちなみにこの試作、七・五の冠に必ず驛名が來るやうに配し、驛名が母音に始まるものは鎖字を二音にした。また歌の心は悲戀の道行であり、それゆゑ結局は「**鎌倉**」を「**亡ぶか枕**」で繰返した。

【回文俳諧】

もとの名《な》は知《し》れなむ馴《な》れし花《はな》の友《とも》
廢《や》めざるは延《の》びたる旅《たび》の春《はる》雨《さめ》や
照《て》れば來《き》つ堤《つつみ》は見《み》つつ月《つき》晴《は》れて
岸《きし》寒《さむ》し月《つき》を見《み》起《お》きつ新《しん》座《ざ》敷《しき》
名《な》替《がへ》歌《うた》堤《つつみ》こみつつ田《た》植《うゑ》かな
・
柴《しば》筏《いかだ》來《く》る櫂《かひ》かるく高《たか》い橋《はし》

隣《となり》まで*白《しら》齒《は》氣《き》晴《ばら》し手《て》鞠《まり》など
家《いへ》の戸《こ》主《しゆ》實《じつ》父《ぶ》の佛《ぶつ》事《じ》死《し》後《ご》の榮《えい》
伊《い》賀《が》に紀《き》伊《い》佐《さ》渡《ど》加《か》賀《が》か土《と》佐《さ》壹《い》岐《き》に甲《か》斐《い》
池《いけ》のどか柳《やなぎ》佳《よ》き名《な》や門《かど》の景《けい》
春《かす》日《が》野《の》の蝶《てふ》まで舞《ま》ふて野《の》の幽《かす》か
岸《きし》に波《なみ》わが龍《たつ》田《た》川《がは》みな錦《にしき》
きつつきが鳴《な》くぞ覗《のぞ》くな垣《かき》續《つづ》き
櫛《くし》などをよろこぶ頃《ころ》よおとなしく
桑《くは》摘《つ》みし山《やま》の木《こ》の間《ま》や清《し》水《みづ》湧《わ》く
川《かは》の名《な》は鴨《かも》とて友《とも》が花《はな》の和《わ》歌《か》
今《け》朝《さ》深《み》雪《ゆき》飲《の》めよと嫁《よめ》の雪《ゆき》見《み》酒《ざけ》
戀《こひ》しさや父《ふ》母《ぼ》にも匂《にほ》ふやさしい子《こ》
坂《さか》の本《もと》清《し》水《みづ》に積《つ》みし友《とも》の笠《かさ》
咲《さ》く色《いろ》よ花《はな》のその名《な》は*鎧《よろひ》草《ぐさ》
插《さ》し萩《はぎ》に八《や》重《へ》と一《ひと》重《へ》や賑《にぎ》はしさ
死《し》後《ご》の名《な》は錦《にしき》歷《れき》史《し》に花《はな》殘《のこ》し
杉《すぎ》伐《き》つた山《やま》の木《こ》の間《ま》やたつ雉《きぎ》子《す》
外《そと》は松《まつ》佳《よ》き日《ひ》の式《しき》よ妻《つま》は屠《と》蘇《そ》
忠《ちう》義《ぎ》だか知らず珍《めづら》し敵《かたき》討《うち》
摘《つ》みし野《の》の若《わか》菜《な》の中《なか》は野《の》の清《し》水《みづ》
ふと魚《さかな》握《にぎ》つてつぎに長《なが》さ問《と》ふ

*白齒＝いつまでも鐵漿をつけぬ女、老孃の意。

*鎧草＝繖形科の宿根草。Angelica grabla Makino 漢方の白芷を根より採る。

塀《へい》垣《かき》根《ね》闇《やみ》の野《の》の宮《みや》禰《ね》宜《ぎ》が家《いへ》
目《め》をとめよ鴨《かも》か眞《ま》鴨《がも》か夜《よ》目《め》遠《とほ》目《め》
佳《よ》き角《つの》の鹿《じか》よ來《こ》よかし野《の》の月《つき》夜《よ》
・掃《は》き除《の》けた雪《ゆき》や早《はや》消《き》ゆ竹《たけ》の際《きは》
・*驪《り》姫《き》の牀《とこ》櫻《さくら》唐《から》草《くさ》琴《こと》の*桐《きり》
李《り》白《はく》が詩《じ》文《も》字《じ》さへさしも四《し》角《かく》張《ば》り

*驪姫＝晉の獻公に父を殺され嬖となる。生んだ二子を次次と殺され自身も鞭打たれて歿。
*桐＝琴の好材。

「花の友」「旅の春雨」「月晴れて」は傳・石田未得撰の「廻文俳諧百韻」中のもの。「新座敷」「田植」「柴筏」「白齒」は「折句紀玉川」に見える。「佛事」からあとは明治時代の作のコレクションを參照した。夥しい句群の中から鑑賞に耐へるもののみを採つた。回文に於て清・濁許容は、古歌に鑑みてもむしろ自然であるが、假名遣ひのルールを捻ぢ曲げて、發音文字を代用するのは、無理からぬ面もあらうが、私は嫌ひだ。「い＝ひ・ゐ」「う＝ふ」「え＝へ・ゑ」「お＝を・ほ」「む＝ん」「は＝わ」「ず＝づ」等、避けようと思へば避け得る。その點さすが、人口に膾炙した「竹の際」など鮮やかなものだし、「春日野の蝶」はこのまま春の句として立派に自立する秀作だ。回文俳諧中、古今を通じて出色の一つと信じる。「きつつき」も無難、「雉子」と「柴筏」は初五と座五に「伐つた」「高い」と口語が混つて舌足らずになるのが惜しい。「白齒」は川柳めいて調べが低いが、達意の諷刺珍重すべし。「驪姫」は極彩の繪草紙の世界が繰り展がり、一種の離れ業にも見えるが偶然の作であらう。百番に一番のかねあひかも知れぬ。

一句兩吟、すなはち「永き幸殘る形見の父の集」これを逆に吟じて「牛の乳飲みたがる子の小きかな」と、兩兩相俟つて佳句を成すたぐひの好例を他に索めたが、つひにこれぞと言へるのに出《で》會《くは》さなかつた。

川《かは》の岸《きし》晴《は》れ來《く》る無《む》雅《が》な花《はな》筏《いかだ》

〔高《たか》い名《な》は眺《なが》むる暮《く》れは鴫《しぎ》の和《わ》歌《か》〕
氣《き》の樂《らく》さ長《のど》閑《か》草《くさ》花《ばな》そこに咲《さ》く
〔草《くさ》にこそ名《な》は咲《さ》く門《かど》の櫻《さくら》の木《き》〕

いづれも「父の集＝牛の乳」に比べると兒戲に類する。ただ「集《しふ》」を、發音通りとも言へぬ「しう」に轉じてやつと成立するのがこの秀吟の弱點だ。「繡《しう》・鞦《しう》」なら假名遣ひは合致するが、意味の上では普遍性がない。

【謎謎】

有名な古典の謎（何《なん》ぞ）に「母にはふたたび逢ひたれど父にはひとたびも逢はず」を「脣《くちびる》と解く」がある。十六世紀初頭、豊原統秋《すみあき》著の雅樂書「體源抄」に見えるものだが、後世難解とされて來た謎の隨一。解く鍵は「母・父」の發音で、室町時代の母はH音に非ずF音、ゆゑに「ファファ」と二度脣が合ひ、「チチ」は一度も合はぬ。宮廷生活の中の娯樂の一つでもあつた謎謎遊びは、巷間にも持て囃されて、落語にも頻出、現今は洒落と絡み合つてコマーシャル・メッセージにも現れるやうになつたが、平安朝の、文藝として成立してゐた「謎合」による歌合を記し止めておく。九八四年のことである。

故《こ》小《を》野宮《ののみやう》右衞《ゑ》門督《もんのかみ》齋敏《なりとし》君達《のきんだち》歌合《のうたあはせ》　天元四年四月二十六日

・謎　左・此頃古めかしき香するもの
　　　右・東國《あづま》の方にひらけたるもの
解　左・いそのかみ古めかしき香するものは**花橘**の匂なるべし
　　右・東路の賤《しづ》の垣根の**卯の花**をあやなく何と問ふぞ儚き

注・左＝古今集・夏の「昔の袖の香ぞする」を即刻想起する。右＝東は卯《う》の方角である。

・謎　左・名《な》乗人《のりびと》頼《だの》めなるもの

右・美しかりしもの、また寝《ね》所《どこ》の暑さ

解　左・頼めつつなつく夜もなし**時鳥《ほととぎす》**語らふことのあらばこそあらめ

右・美しと思ひにしかば**撫子《なでしこ》**の花はいづれの秋か枯るらむ

注・左＝一聲の名告《なのり》に人をあくがれさすのは時鳥。右＝かつて美しかつたもの。幼兒すなはち撫子、また「常夏」は「牀夏」に通ずる。

・謎　左・織物のさまざま

右・老いて生れたるもの、また五《ご》藥《やく》六《む》味《み》の愛子《あいし》

解　左・織物の綾目も知らぬ**菖蒲《あやめ》草《ぐさ》**澤邊の波やたちてきすらむ

右・烏《む》羽《ば》玉《たま》の髪は白けて恥づかしく**市**にて生める**子**をぞ悲しぶ〔市子＝苺《いちご》〕

注・左＝織物と言へばその綾目、文目《あやめ》を想ふ。「裁ちて著《き》すらむ」右＝苺の葉裏、もしくは花後の白實の白毛。市で子を生んだ老婆の醜聞があつたか。苺は百味の飲食《おんじき》を越える果物として珍重された。

・謎　左・稻の生ひたる貝つもの

右・夏蟲の怨み

解　左・秋待たぬ稻かと見しは弱**竹《なよたけ》の**下葉にねざす**子**にこそありけれ

右・夏蟲の夜半の怨みに久方の月の**桂**にうときなりけり

注・左＝竹の子「筍《たかうな》」が寄居蟲《やどかり》の古名「かうな」に通じる。右＝夏蟲（蚊《か》）怨み（辛《つら》）で「かつら」。

・謎　左・親を忘れぬ

右・千《ち》歳《とせ》まで訪れぬ

解　左・佐保山の**柞《ははそ》**の野原なかりせば親を偲ばぬ人もあらまし

右・今來むと言ひしばかりを命にて**松の梢**と言ふぞ儚き

注・左＝柞原が「母ぞ母ぞ」と囁く。右＝「待つ」の「來ずゑ」

・謎　左・わたの原の戀路

右・年の内に時を失ふもの

解　左・漁りせし浦を見しかばわたつみの磯の**蛤**色濃かりしを
右・一年に**夏無し**とだに思ひせば田子の袂は*く《缺》みてまし〔夏無し＝夏梨〕

注・左＝戀は泥《こひぢ》、すなはち涅《くり》（水底黒土）に通じ栗を導き出し「濱栗」となる。右＝年内喪季なら、この歌合の四月ゆゑ夏を喪ふと考へる。

・謎　左・一昨日《おととひ》より嘯《うそぶ》き、夜だに厭《いと》はるるもの
右・履物並べたる禱りの師

解　左・千早振る神の憑《よ》りますものならで今日**みかばち**の怖ろしきかな
右・履物を二つ並べてつとめこし**くつくつ法師**いづちなるらむ

注・左＝現今の「帝泥蜂《みかどどろばち》」か。樹蜂《みかばち》に當てる書もあるが、あるいは腹膨れて「甕蜂《みかばち》」と言つたか。一昨日・昨日・今日で「三日《みか》」。右＝つくつく法師の古語。

・謎　左・大空《おほぞら》に兵士《つはもの》の來る
右・あとならぬ薫物《たきもの》

解　右・**弓張の**かたどの**月**を**山の**端《は》に空武士《つはもの》の射るかとぞ見る
右・あとならで薫くものやなき閨の内に**香りつきせぬ枕**ならでも

注・左＝「つはもの」は「射る・入る」の枕詞、但しこの歌、裏の意味は「空武士《そらぶし》」すなはち「虚臥《そらぶし》」で嘘寢の意。右＝「あと」は足許、逆なら枕上。ゆゑに香木で作つた枕となる。あるいは二人の枕許で薫《くゆ》らす沈香のたぐひ。

【幾何學形詩】

入澤康夫の代表作の一つである左記詩篇は、劃期的な文體で知られるが、表記方法にも、印刷美學を前提とした數多の試みと示威が見られる。掲出の部分はその白眉で、二十世紀後半の散文詩の中では稀なる例であらう。前後を讀むと、作者を乘せたセドリックが、豪雨の中を松江に向つて西走する件《くだり》である。安來から出雲郷《あだかひ》へ、八束《やつか》の郡を車はひたすすむ。瀧なす雨に包まれた車は、さながら空《う》穗舟《つぼぶね》、あるいは天《あめ》の鳥船《とりぶね》、古人は鳥は空航《ゆ》く船と神格化し聖別した。この斜十字の形象は兩翼を擴げ、頭を西にむけた鳥であらう。鳥の嘴の言葉は「そ

すでにして、　　　　土砂降りの國
ぼく　は出　　　道に、眞赤な
雲の　呪い　　　草の實の幻が
の中　を西　　なおも舞狂い、
に走つている。更に雨を呼び、
フロント・グラスがばしや
ばしや濡れる。まるで
天鳥舟。いや、む
しろ、うつぼ
舟だね、と思う間
に、その雨があがつて
夕陽がまともに照りつける。
（氣違い天氣だ）　意宇《おう》平野の北
一匹　の犬　　のはずれ、意
が死　人の　　宇の川が血み
腕を　銜え　　どろの入り海
て走つている。　に注ぐあたり

ただ
ひ
た
むきに——

その犬はや。

何をしに出雲に來たのか。友のあくがれ出た魂をとりとめに來たのだ。わが友、うり二つの友。時間の、闇の中で、鳰鳥のようにほの白く笑う、若くして年老いた神。みずから放つた矢に當つて、喪山の藪かげにとり落され、見失われたという、その魂を。

——入澤康夫『出雲・わが鎭魂』の中「わが出雲」より

の犬はや」。犬とは、死者の腕を銜へて疾走してゐた魔の使者。一篇の、憑依状態を思はすアレグロ調の、凄じい迫力と、この鳥形の文字繪は、不思議なアンサンブルをなす。敢へてここに引き、「形貌詩《カリグラム》」のアポリネールをも思ひ出すよすがとした。

跋

「鬼來《おにく》とも勝《か》つ」

最短一週間、最長でも半歳單位で生れて消える「流行語」から、世紀を越えて傳承される詩歌作品まで、およそ「言葉」を意識的に構成して用ゐる時、「あそび＝たのしみ」の要素は、自然に加はつて來るものだ。「レモンスカッション」とは、若者言葉で、レモンスカッシュを飲みながらのディスカッションを意味するが、若者租界以外では「謎」に類する。彼らは仲間内だけの共感を樂しみつつ、一方で仲間外に「謎をかける」遊びを無意識に試みてゐる。

柿本人麿は「打蟬等《うつせみと》　念之妹之《おもひしいもが》　珠蜻《たまかぎる》　髣髴谷裳《ほのかにだにも》　不見思者《みえぬおもへば》」と、亡き妻への挽歌を涙ながらに口遊みつつ、一方表記する手は、この唐渡りの華麗な漢字を用ゐる歡びに打顫へてはゐなかつたか。發音を借りるのみのはずの萬葉假名が、それも指示・會意・形聲の機能を持つだけの文字にも、象形的幻覺を與へるまでに、選擇と吟味を樂しみ、讀者の恍惚感をも期待してはゐなかつたらうか。

言語遊戯とは、言語操作と同義であり、そもそも悅樂を件はず、誰が「龍宮の乙姫の元《もと》結《ゆひ》の切外《きりはつ》し」などと言ふ植物名を發明し、あるいは「龜」「鬱」「鑿」「糶糴」等の多劃文字を創案し、かつまたこれを使ひ續けるだらう。外國語についても、素材は異るが、引例證明は容易である。言語・文字に難解・難記があるとすれば、それは當然必要によつて生じたのであり、難なれば解明にみちびくための手續を要求され、驅使すべき叡智なくてはかなふまい。その叡智こそ神が人間に賜うた恩寵の一つであつた。

手習草子に「いろは」を用ゐた時から、私達は既に言語遊戯の魔圏に出入し始めたのであり、一音一回でこのやうに深遠な歌の生れることに驚異と憧憬を覺えた時は、圏内の住人になつてゐたのだ。私自身は、北原白秋作「五十音の歌」の流麗鮮烈しかも奇想天外な離れ業に、幼くして魅せられたのが、言語遊戯事始めであつたかも知れない。この驚嘆すべき言語感覚と修辞力もさることながら、それを可能ならしめてゐるのが、漢語プラス大和言葉プラス除漢外來語、すなはち現代日本語であることを思ひ知つて、私の歌人としての自覺が生れたとも言へる。勿論「五十音の歌」は一例に過ぎない。

和田信二郎著『巧智文學』を、河出書房新社の日賀志康彦氏から頂いたのは、思へばもう一昔近くも前の話であつた。これをテキストとして、私の言語遊戯試論など草しては如何といふ注文もついてゐた。仄聞するところでは、故小野茂樹氏の藏書の一冊であつたこの名著を、汚さず敷衍するのは容易ならぬ仕事とも思はれ、なほ數年躊躇しつつデータを蒐めてゐた。『巧智文學』の何よりの特長は、例を廣く世界に求めて、その博覽を誇つてゐるところだが、私は「カリグラム」以外に、多くを補足する力がなかつた。不満足ながら機やうやく熟して、雑誌「言語」に十二箇月間の連載を始めたのは、昭和五十三年九月であつた。

世に言語遊戯愛好者の多いことを今更のやうに知らせてくれたのは、私宛に寄せられた連載中の讀者信である。それも例外なく、私よりも蘊蓄造詣豐かと思はれる人ばかりであつた。殊に佐賀市の倉田卓次氏は、在世中の『巧智文學』著者と親交のあつた博學の士、『詞華美術館』に續いて、數數の叱正と示唆を頂戴した。また町田市の小川正樹氏よりの獨逸語表記に關する注意、あるいは千葉市の西原若葉氏から寄せられた驚くべき量の回文短歌・俳句、加ふるに其他數多の讀者の要望・忠告・激勵の辭に、今改めて謝意を表する。

カエサルのものはカエサルに返せとか。旬年を閲してやつと、私の「巧緻文學」は、日賀志氏の手許に届き、氏の宰領によつて一巻の書となる日が來た。私は原著者と所有者の靈前に、まづ刷上りの一册を獻じて、なみなみならぬ機縁と恩義にお禮を申上げねばならぬ。連載中の「言語」編輯部各位の御配慮も忘じがたい。

昭和五十四年十二月二十五日

著者

塚本邦雄

1920年、滋賀県生まれ。歌人、評論家、小説家。歌誌「玲瓏」主宰。51年第一歌集『水葬物語』でデビュー。三島由紀夫の支持を受ける。以後、岡井隆、寺山修司らと前衛短歌運動を展開し、成功させた。『日本人靈歌』で現代歌人協会賞、『詩歌變』で詩歌文学館賞、『不變律』で迢空賞、『黄金律』で斎藤茂吉短歌文学賞、『魔王』で現代短歌大賞を受賞。評論に『定型幻視論』『定家百首』、小説に『十二神將變』『紺青のわかれ』などがある。2005年逝去。

ことば遊《あそ》び悦覧記《えつらんき》

一九八〇年三月二〇日　初版発行
一九九〇年八月三〇日　新装版初版発行
二〇二三年五月二〇日　新装版初版印刷
二〇二三年五月三〇日　新装版初版発行

著　者　塚本邦雄《つかもとくにお》
装　幀　間村俊一
発行者　小野寺優
発行所　株式会社河出書房新社
〒一五一－〇〇五一　東京都渋谷区千駄ヶ谷二－三二－二
電話〇三－三四〇四－一二〇一（営業）
〇三－三四〇四－八六一一（編集）
https://www.kawade.co.jp/

印　刷　株式会社亨有堂印刷所
製　本　小泉製本株式会社

Printed in Japan
ISBN978-4-309-03110-1